DENMA

THE
QUANX

7

양영순

네오
카툰

a catnap

이봐, 자네 괜찮아?

아, 어깨를 조금…

이… 이거 내가 놈들을 너무 얕잡아본 걸까…?

이곳에서 놈들을 붙잡고 있을 테니까

당장 지원 팀을 요청해 줘.

그리고 만일 내가 다시 연결이 안 된다면 전사체 방어막을…

예, 그렇게 하죠.

후우우우…

젠장할! 독방에 갇혀 있던 놈들한테

정예 요원들이 이렇게나 당하다니…

종단에 지속된 평화가 조직을 나약하게 만든 걸까?

여어, 종안부!

!

뭐야, 빨간 내복들한테 전부 당한 거야?

이런 멍청이들이 감찰국 얼굴에 먹칠을…

마침 잘 만났군.

적당한 타이밍에 적절한 장소야.

적절한 장소?

왜? 또 다른 네 임무를 완수하기에 적합하단 거냐?

개인 감정은 없어.

종단 질서를 위한 윗분의 결정일 뿐.

윗분의 결정? 웃기고 있네.

나 발락이야! 종단 광견, 발락!

광견? 그건 무서워서가 아니라

네 플레이가 더러워서 붙여진 별명이잖아.

우리 쓸데없이 말이 많구먼.

동감이야.

퍽

쳇! 조준이 빗나갔어.

한 번에 둘 다 잡을 수 있었는데…

설마 날 정말…

맹세할게.

자넬 쏘게 된다면 반드시 눈앞에서 겨누겠다고.

아, 예…

안으로 들어가지.

이거… 별 탈 없겠소?

딱히 이 마당에… 어차피 선을 넘었어.

우린 궁지에 몰린 생쥐 역할이라고!

하아

하아

여기가 교차공간…?

응, 저 뚜껑 밑이…

……

공작님?

응, 아그네스가 귀가한대. 환영 준비 부탁해.

……?

……

무슨 일이지?

평소라면 아이처럼 들떠서 하실 말씀인데…

틱

네, 큰아버지.

바쁘냐?

아닙니다. 말씀하시죠.

너 말이야…

거기 일 접고 당장 이리 와.

내일부터 내 사무실로 출근해.

예?

먼저 눈도장 찍을 준비부터 하자고.

조만간 태모신교 주임 주교와의 회동이 있어.

그 자리부터 참석해서 앞으로 모든 미팅에 참여해.

난데없이 그게 무슨 말씀 이신지…

네 사촌 고산은 아직 너무 어려.

네가 좀 도와야겠다.

……

그런 일이라면 큰아버지 주변의 믿을 만한 사람을…

믿을 만한 사람?

믿을 만하다는 형용사가 사람이라는 명사 앞에 올 수가 있나?

너 설마 거기서 지내다 가문의 모토도 잊은 거냐?

모두에게 믿음을 주고 누구도 믿지 말라.

제가 어찌 이 귀한 신조를…

하지만 왜 갑자기 제게 그런 역할을 맡기시는지…

신뢰가 깨져도 너만 없애면 되니까.

견제할 장치들을 만들기도 쉽고.

하하하하…

고산이 이 집안을 책임질 수 있을 때까지

네가 좀 맡아.

특히 이번 회동이 성공하면 시작될 새 사업은

제8우주에서의 우리 가문의 입지를 새로 세울 거야.

현재 우리 집안에서 그 일을 맡을 수 있는 사람은 너야.

그러니 내 곁에서 부지런히 보고 익히라고.

상세한 얘기는 내일 출근하면 나누자.

큰아버지, 대체 무슨 일이세요?

왜 갑자기 그런 말씀들을?

혹시 건강상에 무슨 문제라도…?

내가 이 계산기에 조건 변수 항목을

충분히 입력했다는 전제하에 말이야…

나 조만간 살해될 것 같아.

…그럼 이만.

뭇시엘!

틱

틱

오케이,
전송 완료.

후우우…

풋

크흑…

아비가일
사제!

이제 당신 몸은
5분 이내에 완전히
녹아내려서

어떤 흔적도
남지 않을 거야.

고통을
덜어줄게.

속

슈슈슈

…… 늦었군.

재는 뭐 하는 거야?

응, 몇 군데 더 주사위를 만들어 놓고 왔어.

중얼

중얼

중얼

주문 같은데? 아까부터 교차 공간 뚜껑에 앉아…

엉덩이가 엄청나게 무거워지는 쿵 능력일까?

중얼

중얼

중얼

!

크윽!

……

가이린…!

여기서 이러고 있을 때가 아니야.

이봐들! 난 여기까지!

!

너희들끼리 가도록 해. 난 여기 8우주에 남겠어.

뭐?

해결했어야 할 중요한 일을 잠시 잊고 있었다.

건투를 빌게!

이봐!

응?

퍽

퍽

이잇!

……

빨라…

스윽

이거 난처한데. 하데스 이외엔 놓쳐서는…

슈우욱

전사체다!

17

읍…!

……

쳇! 미끄러지던 순간부터 순간이동이 안 돼!

교차공간 내부라 큥 기술이 발현되질 않아.

그래? 그거 잘됐군.

빨간 내복들은 별 어려움 없이 우리 감찰국 차지가 되겠어.

잠깐, 무슨 소리!

탈옥수들은 보안국 요원인 내가 최초로 발견했어.

흥!

흥?

기술을 쓸 수 없는 상황이면

이 중에 누가 가장 셀까?

!

이거로군…

팍

팍

팍

끄떡도 안 해. 제기랄! 여기까진 미처 생각 못 했어.

기술도 먹혀들지 않는 상황에서 어떻게 깨부수지?

여기…

내가 해볼게.

이봐, 오드아이!

내가 감찰국에서 어떤 훈련을 받는 줄 알아?

나 운동 많이 하거든!

빡

더 해!

이잇…!

뭘 어쩌게?

……

지… 지금 이럴 때가 아니지! 저길 봐!

탕

탕

탕

콰악

너, 임마!

탕

탕

지난번엔 보안국 요원의 경호를 우선시하느라

바로 처리 못 했어. 이제 태모님 품으로…

빡

꽈악

큭…!

끄륵…

콜록! 콜록…

아…

!

!

놔! 놔줘요!

내 동생…

이봐! 소녀는 놔줘! 난 널 도우려는 거야!

커억…

날 도와? 웃기지 마.

난 쓰이고 버려졌어.

동생이…

동생이 죽어가요! 제발! 아저씨…

네 탈출을 원하는 분이 누군지는 지금 말할 수 없어.

하지만 분명한 사실이야. 그러니 그 아이는 내버려 둬.

내 탈출을 원하는 분?

개소리…

팍

!

쩌엉

21

이봐, 하데스! 다 된 것 같아!

이제 한 번만 더 내려치면…

오케이!

아… 안 돼! 탈출하는 건 하데스뿐!

거기! 전사체가 내려오고 있어!

뭐?

거짓말이야!

웃!

콰직

탁

끄아아아악…!

막스 선배, 이 자식 보안국에 넘겨요!

팔이 부러져 엄한 짓 못 할 겁니다.

펵

하데스, 이렇게 하지!

그 아일 놔주면 이 자릴 양보할게.

이 자식! 역시…

널 도우려는 거라고 했지!

넌 의심 때문에 쓸데없는 희생을 만들려고 하고 있어!

슈슈슉

2차 지원팀 도착!
태궁 내 팀원들에게
알려!

옛썰!

주변이 온통
소방선들이로군.

……

모두 연결이
안 됩니다.

이… 이런!

내가 이곳에서
수비를 맡을 테니

공격조는 곧장
교차공간으로
향한다!

전사체 방어막이
작동 중이니

각별히 주의하고
탈옥수는 생포할
필요 없어!

치클

이거야 원…

또 한 무더기네.

아니, 탈옥수
서넛 잡는데

도대체 감찰국 인원이
몇이나 필요한 거야?

이런 주제에
검은 사제가 어쩌니
저쩌니…
전부 허풍
이라니까!

어…?

이봐, 거기!

누가
앰뷸런스 좀…

우우웅

쓱
쓱

아, 이미…

유감입니다.

……

기분이 좋지 않군.

괜찮겠습니까, 감찰관?

차를 잠시 세워주겠나?

먼저 가도록 해. 좀 걸어야겠어.

하아아… 뭇시엘! 통로에 죽어 있던 감찰국 요원 덕분에…

몇 겹이나 되는 경비팀들을 무사히 뚫고 나왔어.

!

이봐, 잠깐!

택시!

후우웁…

……

내 딸, 가이린…

태모시여…

부디 그 아이가…

제 손에 죽게 하소서!

들어와.

야, 이 미친놈아!

......

자네의 첫마디를 맞추면 손등에 키스하기로 메이헨과 내기를 했거든.

본인이 죽게 될 상황에 그런 태평한 소리가 나와?

종단 측과 거래하지 마! 놈들이 어떤 짓을 할지 모른다고!

이 짧은 시간에 자네의 귀에까지 소식이 들어간 걸 보니

내 보안 체계에 문제가 많은 것 같구먼.

닥쳐! 그딴 허세 내 앞에선 필요 없잖아!

자네 미쳤어? 이 우주를 얻으면 뭐 해? 본인이 죽으면…

나의 절친 키튼 박사님. 이 상황을 지켜봐야 하는

메이헨의 난처함을 위해 멱살은 좀 풀어줘.

대체 왜 이래? 자넨 이미 충분히 가지고 있잖아?

방심해서 밀리면 끝장인 거 자네도 잘 알잖아? 더 가지려는 게 아니라

다른 가문들과의 우위 경쟁을 종결지으려는 거야.

그딴 게 자네 목숨보다 소중해?

자네에겐 고산이 있잖아!

그래, 내겐 아들이 있으니까 더욱 서둘러야지.

피비린내 나는 정쟁에서 그 아이가 자유롭길 바라.

한순간에 밀려나 인사 받던 놈들한테 인사를 해야 하는 일은 없어야지.

가문을 유지하는 의무를 다할 뿐이야.

내게 일이 생기거든 내 아들 고산을 부탁해.

......

방금 하달받은 대주교님들의 메세지야.

곧 나와 공작의 회동이 있어.

그 친구... 죽게 됩니까?

협상의 결과에 따라 마지막 대응까지 하라는 그분들의 말씀이셔.

......

그... 그럼 아이만이라도 살려주세요!

물론! 패트론 연합과의 밸런스를 위해서라도

아이는 살아야지!

미안, 친구야...

하지만 네 아들 고산만큼은 반드시 지켜줄게...

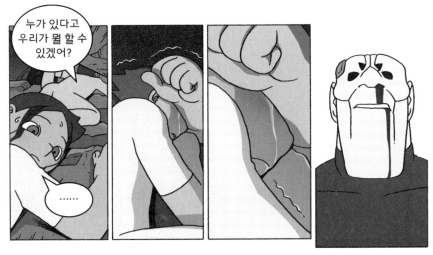

29

31

맙소사…

전부
당한 거야?

검은 사제들이
이게 무슨 꼴이람?

겨우 독방
놈들한테…

츠즈즛

!

멈칫

전사체…!

잠시 정지!
여기서부턴 전사체
영역이야.

내부로
들어갈 수 있는 방법을
찾아볼게.

!

이 친구까지…?

이거 놈들이
예상보다…

응?
이 관통상은…

이상한걸.
이런 흔적이 남을
조건이 있었나?

어디…

츠즈

!

츠즈

이거…

응?

뭐… 뭐야?

팀장에게 알리고
혹시 모르니 태궁 내
모든 대원들에게
이 이미지를
보내!

이봐! 보고만
있지 말고 누가
아이 좀…

끄륵…

꺄아아…

젠장! 물러나!

으윽…

오지 마!

손가락으로
살짝 찔러볼까?

코 후비는 데
문제 생길 듯.

어? 멈췄다!

말귀를 알아
듣는 거냐? 더
기분 나빠!

…줄어들어!

뭐지?

쐐기에 남아 있던
출력 찌꺼기의 반작용
같은 걸까?

완전히 줄어들고 있어!

스스

사라진다… 찔러나 볼걸!

…살아야겠어.

스스

스잉

그럼 아까 빨려 들어간 걔들은?

끝까지 살아 남을 거야!

……

아이는…

젠장! 소리가 머릿속으로 들려! 어떻게 된 거야?

제이…

하데스…?

아이는 내버려둬!

내 동생… 제이가 위험해! 어서…!

난… 살아남을 거야!

쑥

쑥

쑥

쑥

……

!

탕

반드시!

지… 지금 어떻게 되는 거야?

녀석에게 무슨 일이 생긴 거지?

살아남을 거라고!

내가 네깟 놈들한테…

아이는…

!

쩌억

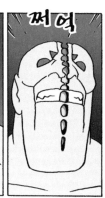

얼굴이 갈라져!

불쾌해!

아이는…

내버려둬!

염병! 저것들이 지금 한 몸이 된 거야?

하데스를 찢고 나왔어!

……

쑥

쑥

텅

전사체가 들어온다!

교차공간의 제약이 풀린 거냐?

텅

텅

저것들이 안으로 들어올 수 있다는 건…

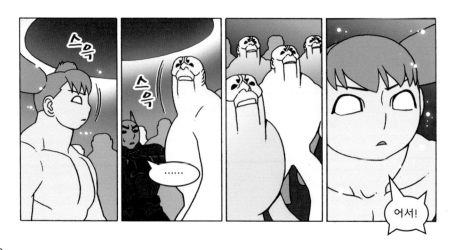

......

여기도
전사체…

역시 안으로 더
들어가는 건…

츠츠츠

！

…하데스?

뭐야, 왜
전사체들의
얼굴이…?

저것들…
갑자기
어디로 가는
거야?

드드드

슈슉

슉

슉

슉

그리고 보니
길을 찾을 게
아니라

사령부에
연락해서 전사체
방어막을 잠시…

드드드

드드드

응?

......

방금 눈앞에서
일어난 일은…

하데스, 그쪽 친구
그리고 무녀…

아무래도
메이팅 형태의
융합일 듯.

과정은 설명
못 하겠지만…

교차공간의
사고 사례 중에

이 비슷한
결과물이 있었지.
이른바…

스응

짜아악

오케이! 다행히
측벽은 뚫리네!

그만 중얼대고
어서 나갑시다! 여기
기분 나빠!

과
악

우와아아앗!

뭐… 뭐야!
전사체가 영역
밖으로…!

비켜!

퍽 퍽

퍽

제이!

내 동생!

어서!

40

아!

?

!

이봐, 무슨 짓이야!

무슨 짓이라니? 내 임무에 충실할 뿐…

떡

떡

슥

흥! 어림 없는 소리!

척

우리 보안국 소임인 건 둘째 치고…

이거라도 쥐고 있지 않으면 나의 조직 내 입지가

스윽

정말 곤란해진다고!

큭…

타 다 닥

오드아이, 저 자식을…!

진정해! 태궁에서 벗어나는 게 먼저야!

분명… 전사체를 컨트롤했어. 말로만 듣던… 초전사체!

그 융합물을 제압할 수 있는 방법은 하나!

41

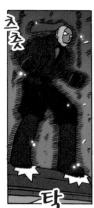

츠츠

탁

⋯⋯

맙소사⋯!

이⋯ 이런!

전사체가
컨트롤 되고 있는 것
같습니다.

그쪽으로
이동 중이에요.

다⋯ 당장⋯

종단
사령부에⋯

!

치잇!

전사체가
날뛰는 상황, 어차피
할 수 있는 건
없다.

무엇보다
모두 내가 한 짓을
알게 됐어.

이대로 있다간
나도 빨간 내복을 입게
될 거야.

일단 여기서
벗어나 공작에게
도움을 요청⋯

퍽

츠웃

큭!

텅

뭐야?

가츠 선배, 지원팀에 합류하려면 저쪽이야.

아, 다른 형태로 합류를 원하나?

쓰윽

이 자식!

츳

동료 몸통에 구멍을 잘도 내더군.

철컥

크으윽…!

보안국과의 충돌을 일으킨 장본인이라는 소문이

사실인 거야? 당신 정체가 뭐야?

종안부 요원과는 일종의 정당방위였어!

일종의? 그런 소리는 취조실에나 가서 하셔!

뭐야, 자네! 보고만 있기야?

쿨럭! 쿨럭!

……

이거야 원… 어떻게 이 지경이 되도록…

서둘러 주십쇼!

알겠네!

틱

OFF

……

…이것들이 오다가 다른 길로 샜나?

지금쯤이면 여기서 맞딱드릴…

콱 콱 콱

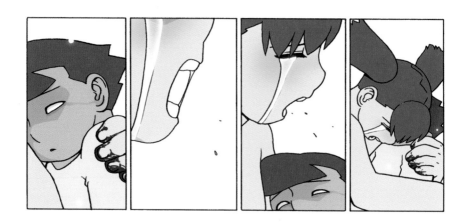

퍽

오케이, 명중!

명중했다면 굳이 사령부의 도움 없이도…

젠장! 아직 살아 있는 모양인데!

츠즈즈

전사체와 맞서지 말고 어서 피해!

터엉

꾸륵 꾸륵

턱

꾸륵 꾸륵

스윽

꾸르륵

꾸륵

텅

크읏!

뎅강

훽

챠

척

으읏!

어서! 놈을 쳐서
전사체를 막아!

덩

펑

쩡

쾅

이 쓰레기 같은
쿵 놈들…

다시 안으로 들어가야지.

임무가 남았어.

왜 이번 일에 유독 성실한 척 하는 건데?

전사체 날뛰는 데서 뭐 하게요? 이제 그만 복귀합시다!

아, 진짜…

솔직히 당신 그 정도는 아니잖아?

그… 그랬나?

아무튼… 먼저 가. 난 임무를 완수하고…

예!

아얏! 이게 뭐야?

뭔데?

메시지가 와 있네.

아악! 내 손목!

응? 녹화 메시지…

틱

!

어… 안녕? 이거 잘 녹화되고 있는 거지?

뭐… 좀 어색하군.

이봐, 제8우주 태모신교 수호사제 아비가일!

난 제7우주에서 넘어온 너야!

네게 전할 말이 있어.

네가 목격한 일련의 사건들에 대해 말이야.

이렇게 하지. 날 풀어주면…

선배! 그런 말 소용없어요.

후원자를 한 사람 소개해 줄게.

예?

그래, 후원자! 자네도 돈줄이 필요할 거 아냐?

우리가 그런 라인 없이 감찰국에 얼마나 붙어 있겠어?

감찰국이 주는 특권을 잃고 싶진 않겠지? 응?

아, 그런 얘긴 둘만 있을 때 해요!

가츠 선배가 아직 날 잘 모르는 모양인데…

난 보기보다 신실한 인간 이라고!

그래, 그 잘난 후원자가 누군지 들어납시다!

속닥

속닥

예? 저… 정말요?

이런 제안… 흔치 않아.

기회를 놓치지 말라고!

타다닥

척

……

맙소사…

짜아아악

퍽

콱

콱

퍽

퍽

퍽

쫙

콱

쫙

퍽

분이 안 풀려…

더…

더 필요해…

더!

슈슈슉

막스 군!
어디야?

젠장!
하필…

B3

!

속

헉! 놈들에게
들켰어!

방금
태궁에 도착했어!
바로 자네한테…

아…

B3

B3…?

슈슉

슈슈슉

OFF

텡

우와아앗!

슈슉

제기랄!
도망쳐!

여기…
더 있군.

쓸데없는
소리! 당신을
어떻게 믿어?

뭐야, 왜 전부
연결이 안 돼?

팅

!

팀장…

저…
전멸이야!

사령부…에선
아직인가?

티… 팀장!
뒤에!

칫!

770

저런!
몰살이라니…
유감이로군.

이제 태궁 내
감찰대원은 우리
뿐인 거야?

그럼
우리 대화가
훨씬 더 진지해
지겠는걸.

……

츠
즈

즈
즈즈

……

…그럼 이만.

뭇시엘!

지금…

이 말을 믿어야 돼?

뭔가… 진정성이 느껴져.

내가 진지할 때의 눈빛, 너도 잘 알잖아.

진지라니? 솔직히 사형의 감정 기복이나

심리 상태는 나조차도 종잡을 수가 없어.

사형들 말대로 약물 때문에 뇌의 감정 반응 회로가

완전히 뒤엉켜버린 게 틀림없다고요.

방금 그 친구가 정말 사형일 수도 있지만

그렇다고 데바님을 상대로 저 말을 따르는 건…

뭐 우선 당장은

아그네스 데바님께 가자고!

춧

전사체…

없어요!

훠

오케이!

티릭

춧

……

그래, 이건 옳은 판단이야.

일하는 능력만으로는 결국 후배들에게 밀려.

지금 내가 누리는 감찰대원의 특권을 유지하려면

결정권자들과 연결돼 있어야 해.

결국은 돈, 가츠의 말대로 후원자가 필요하다.

게다가 그런 거물이라면…

휘

타 다 닥

이번 일에서 무사하게 되면

감찰국 내에서의 전략을 바꿀 거야.

공작 외에는 누구도 섬기지 않겠어!

종단 똘마니 역할로는 쓸모가 없어지면 언제든 제쳐진다.

척

공작을 설득해 내 패거리를 만들 거야!

겉으로는 드러나지 않는 감찰국의 주도 세력!

터

치잇! 어째 이 여우 같은 인간한테

앞으로 실컷 이용당할 것만 같아.

크흐윽…!

이 자식…

!

아…

......

뭇시엘!

뭇시엘!

전사체가 합쳐져 태모님 형상을…

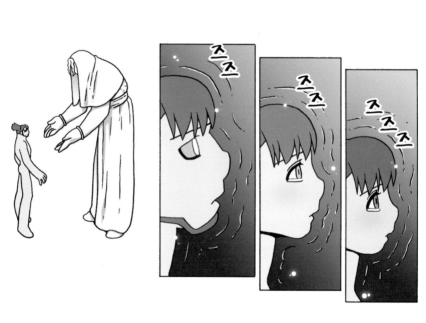

앵크선이 떴군.

역시 사령부의 조치였군요.

상황 종료…

실장님, 무사하시군요.

지금 태궁 주변으로

종단 방송 기자들이 잔뜩 깔렸습니다.

어디세요? 모시러 갈게요!

맙소사, 기자들이라니…!

이 꼴로 발견됐다간 그야말로 보안국은… 그래! 어서…

아, 실장님!

속

응?

저게… 말로만 듣던 앵크선?

응! 아마도…

스으응

?

짜아악

아…

검은 사제들…

스스스

치익

후우… 무사히 빠져나왔군!

예, 다행히…

츠즈즈

!

뭐야, 저건?

……

…카메라?

수고했어, 막스 군!

그 난리통에 잘도…

!

그래, 이왕이면 말이야…

네, 이곳은 탈옥수들의 연이은 테러로

비상 경계령이 내려진 태궁 현장입니다. 현재…

턱

스스스

경비팀! 내부에서 누군가 나오고 있어!

카메라!

카메라 집중시켜!

스웅

!

오드아이, 저 자식! 내가 잡은 걸…

턱

지금 나가면 꼴만 우스워져.

그야말로 죽 쒀서 개 줬군.

제기랄! 저 꼴을 그냥 보고만 있으라고?

탁

그럼 맘대로 하셔.

가서 본인이 잡은 거라고 징징대봐!

종단 내 평면 구속 능력자가 자네 혼자야?

까득

이제 어쩔 겁니까?

앵크선…

소동은 끝났겠군.

종단 뉴스엔 보안국 영웅들이 뜰 테고

감찰국 수뇌부는 생존자들에게 책임을 묻겠지.

복귀를 생각하니 눈앞이 깜깜해.

그래, 잠시 다녀와야겠어!

어때, 발락 군? 자네도 이번 기회에 후원자를 만드는 게?

!

이제 우리 앞으로 같이 움직이자고!

한 팀처럼 말이야!

아그네스 데바님을 모시러 왔습니다.

그게 그러니까 지금 상황이…

뭇시엘!

뭇시엘!

아… 연락은 받았습니다만

……

예고도 없이 다짜고짜 다시 찾아와선

당신들이 우주 패트롤인데 뭘 어쩌라고?

데바님 뵈려면 종단 절차를 다시 밟으라고!

무슨 말인지 이해가 안 돼?

우린 놀러온 게 아니라 법 집행하러 왔다니까!

집행이라니…? 이것들 정말 무례하구먼.

뭐가 어째? 이것들?

실랑이가 한창이군.

저 두 녀석 데리고 잠시 밖으로 나가 있어.

아… 사형, 과연 이게 옳은 판단일까?

지금 이 순간 가장 중요한 건 데바님의 목숨!

다행이야. 아직 다른 사제 녀석들이 몰려들지 않았어.

……

수호사제인 우리가 데바님을 패트롤에게 넘기는 꼴이…

우린 우리의 도리에 최선을 다하고 있어!

슈슉

！

슈슈슉

야, 준!
너…

……

응? 갑자기
어디로…?

여하튼 데바님,
저희와 함께…

츳

！

데바님!

아, 사제님!
돌아 오셨군요.

이 패트롤
친구들을
따라가세요.

네?

공작님께 이 상황을
알리겠습니다.

이…
이 자식은?

태궁에서
볼일이 끝난
모양이군!

당장 붙잡아!

콱

상세한 내용은
메일로! 다시
빌게요.부디
무사히…

퍼 버 벅

츠츳

츳

이제 앞으로
일이 어떻게 전개
되려나?

우우웅

……

파

뭐? 패트롤?

…네!

그게 무슨 소리야?

그것들이 왜?

……

그… 그게…

수호사제 중 하나가 데바의 명의로 불법 무기 거래를…

이… 이런 미친…!

종단에 외부 것들이 끼어들 빌미라니!

우주 평의회의 시선이 쏠릴 일은 절대 경계하라고 했잖아!

그… 그리고 아그네스는 현장에서 바로

패트롤에게 연행됐…

으득

텅

피정지에 있던 수호사제 놈들은 뭘 하고?

데바가 잡혀가는 데 가만히 보고만 있었다는 거야?

사제들이 몰려들기 전에 상황이 종결돼서…

크윽! 정말 돌겠구먼!

불법 무기 거래라니…

왜? 아그네스가 주교들에게 바칠 비자금이라도 만들었나?

그런 일을 패트롤에게 들킨 멍청이가 대체 누구야?

아비가일이라는 태명을 가진…

이잇!

차

이유 같은 건 알고 싶지도 않아!

이번 일이 해이해진 종단 수호사제들의 기강을

바로잡는 시범 케이스가 되게 하겠어!

문제를 일으킨 녀석은 거완형에 처한 뒤

평생 무간도 가이아에 처박아서

犬

죽을 때까지 떠돌이 철견으로 살게 해!

그리고 나머지 피정지에 있던 모든 수호사제들에겐

곧장 100대와 독방 한 달!

……

&%@$#}#!!!…

주임이 이렇게 진노하는 건 처음 봐…

하긴… 그간 종단을 외부의 간섭에서 벗어나게 하려고 들인…

일이 이렇게 틀어진 이상…

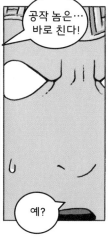

공작 놈은… 바로 친다!

예?

69

아그네스가 패트롤에게?

그녀의 수호사제들이 전한 메시지입니다.

뭣 땜에?

불법 무기가 그녀 명의로 거래돼…

불법 무기?

그런 어처구니없는…

!

이것 봐. 현재 조건이라면 그런 일이 일어날 확률은 제로야.

……

그럼…

이런 결과가 나올 경우는 둘 중 하나.

누군가 의도적으로 시간축을 비집고 들어와

인과율을 꼬이게 했거나

아니면 이 계산기를 설계한 파우스트 선생의 한계거나…

이크! 방금 얘기… 선생이 들으신 건 아니겠지?

패트롤이 연행해 갔다면 걱정할 일은 아니야.

틱

틱

내게 후원을 받는 친구들이 특히 많은 곳이니…

……

오, 이번 일로 이 몸에서의 내 수명이

다소 연장될 듯!

역시 나의 데바, 행운의 여신!

저… 공작님!

지금이라도 패트롤 연합과 정보를 공유 하시고

종단 측과의 거래를 중단하셔서 신변의 안전을…

그만, 메이헨.

이번 거래는 인간의 몸 하나로 얻을 수 있는

사상 최대의 딜! 난 잡을 거야!

그래, 그 불법 거래를 했다는 놈은 누구야?

……

아비가일 사제라고…

아비가일? 그 계집 이름의 백발 녀석?

그놈은… 하데스 처리 임무를 맡았던…

…잠깐!

그럼 태궁… 교차공간…?

…맙소사! 정말 시간축을 넘나들었을 수도 있었다는 거야?

행여 그렇다면 무슨 이유로…?

궁금해 미치겠군! …놈은?

패트롤을 피해 도주 중이라고 합니다.

패트롤의 추격이라면

종단에서 먼저 손쓰려 할 거야.

백경대가 나서야겠어.

내가 먼저 잡는다!

71

역시… 공작에겐 괜히 알린 게 아닐까?

데바님의 안전이 먼저니까 잘한 거야.

예, 알겠습니다. 다른 소식 생기면 또…

후우우우…

틱

뭐래요?

종단 꼰대들이 진노했단다.

피정지 수호사제 전원에게 곤장 100대와 독방 한 달,

예에?

아비가일은 가이아의 철견으로…

철견형? 말도 안 돼! 사형은 데바님을 지키려고…

처벌을 받아야 하는 사람은…

그건 주교들 중 누군가 데바님을 해치려 했다는

녀석의 추측이잖아. 다른 우주에서 온.

일어난 사실만 놓고 보면

철견 형벌이라도 감사해야 할 상황이야.

공작님께 도움을 구합시다!

이대로 아비가일 사형을…

미쳤어? 종단 내부의 일을 누구한테?

무엇보다 공작이 우릴 도울 이유가 없지. 데바님 없이는 우린 아무것도 아니야.

그럼…

당연히 우리가…

팅

!

……

이런…
공작이 책임을 묻겠다며

아비가일을 잡겠다고 백경대를 풀었대.

맙소사…!

공작이 뭔가 집히는 게 있는 거야!

만일 백경대에 붙잡혀 사연이 밝혀지면

그야말로 종단과 패트론 사이의 갈등은

준이 넌 당장 지금 이 상황들을 녀석에게 알려!

〈급〉
청소 중단하고 복귀하세요.

이런…

데바님의 메시지를 이제야 확인하다니…

준이다.

틱

……

……

슥

Y.J.

그래…

죽기 전에 녀석 얼굴이나 한번 보자.

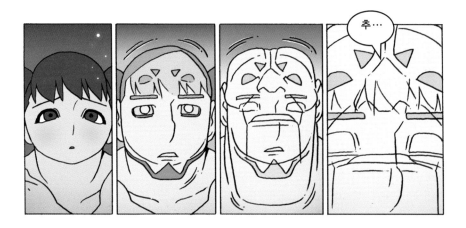

아…

란이시여, 그럼 이 융합체가

전에 말씀하신 쿵으로만 구성된 택배 사업 지구에…

웅, 거기서 쿵들을 관리하게 될 거야.

한둘도 아니고… 무엇보다 신앙심도 없는

외부인들로 구성된 쿵 집단을… 그게 가능할까요?

위험한 쿵들과의 개별 접촉이 아니라 그것들을 제압하는

전사체들을 일시에 다루는 일이니까 충분히 가능해.

뭐 때때로 과부하가 걸릴 수도 있겠지만

준비된 보조 장비들과 종단 파견 경비대까지 함께 할 테니

집단을 컨트롤하기는 그리 어렵지 않아.

몇 번의 본보기로 공포를 심어주면 바로 통제돼.

특히 스스로 똑똑하다고 믿는 구성원들 집단은

상황 판단이 빨라서 단념도 빠르지.

그런 자기 확신으로 스스로를 가두는 꼴이야.

물론 관리자가 되려면 기본 교육 이전에 준비가 좀 필요해.

융합된 자기 존재에 대한 기억과 인식을

방금처럼 반복적으로 흐려 놔야 돼.

거기에 요란한 인격 하나를 새로 심어서 간섭을 시작할 거야.

76

아주 잠깐 쪽잠을 자는 것 외에는

늘 깨어 있는 상태로 본래 자아들을 인지할 여유가 없게…

여기엔 밸런스가 필요한데

추가된 인격이 융합된 자아를 완전히 무의식으로 몰아내 붕괴시키면

전사체를 컨트롤 하는 능력까지 사라져버려.

반대로 간섭이 시원치 않으면 오히려 스트레스가 돼서

각성이라는 최악의 상태가 될 수도 있어.

물론 내가 있으니 그런 일은 불가능해.

하지만 붕괴나 각성을 막는 일반적인 통제가 가능하려면

융합된 자아는 늘 의식과 무의식의 경계에 있어야 해.

그래서 필요한 것이 무의식의 심연으로 떨어지지 않을 자기 인식의 실마리야.

끝까지 추적해나가면 자신을 만날 수 있는 아바타 표상,

갇혀 있는 자아의 인식의 창문!

약속 시간 한번 기가 막히게 지키는군.

이거 가슴이 뛰는걸.

이렇게 또 뵙는군요.

어서 오십시오.

이곳까지 왕림해주시다니 영광입니다.

패트론께서 부르시면 어디든 가야지요.

종단 사업에 많은 관심 주셔서 감사할 뿐입니다.

다만 이번엔 호기심이 좀 지나치셨던 건 아닌가 하는…

지나치긴요. 후원하는 곳에 그 정도 관심은 있어야죠.

제 돈이 어떻게 쓰이는지 도통 알 수가 없으니…

패트론들께 불필요한 심려를 끼치지 않으려는…

배려가 아니라 잘못된 관행입니다.

차

후우우우…

하지만 그런 절차는 무시해도 괜찮아요.

제가 종단의 새 사업에 대주주로 참여할 수 있다면…

예?

제 신앙심의 발로라고 생각해 주시죠.

대단히 위험한 종단의 계획에 힘이 돼 드리고 싶은 신자의 마음입니다.

후원자보다는 파트너가 필요한 시점 아닙니까?

쓱쓱

저도
담배…

촤

후우우우…

어떤 배수의 진을
쳐놓은 겁니까?

저야 뭐
평화를 사랑하니까
제가 얻은 종단의
계획들을

패트론 연합과
우주 평의회에 공유하는
정도…?

여기에 몇 분이나
참여 의사를 가진
거지요?

나눠먹는 사업은
여태껏 충분히
해왔어요.

지금까지와는
다른 수준의 일을
하고 싶은
겁니다.

저는 대주교님들
설득 못 해요.

주임께서는
자리를 마련
하세요.

설득은
제 몫이니!

......

하신 말씀은 전달하겠습니다.

성사 여부는 장담할 수가 없지만요.

아, 아그네스는…

걱정 말아요. 패트롤에는 친구들이 많으니

절차가 있어 내 곁으로 오는 데 시간이 잠시 필요할 뿐…

주임주교로서 이번 일은 진심으로 사과 드립니다.

데바를 곤경에 빠뜨려 공작님까지 놀라게 한 그 수호사제에겐

철견형을 내려 평생 무간도에 가둘 겁니다.

......

뭐… 적당한 조치일지…

아무튼 저도 그 친구를 좀 봐야겠어요.

숙

?

개인적으로 궁금한 점이 있어서…

참, 데려오신 데바님들은 수행 일원들인가요?

…아!

두 사람 들어오세요.

당분간 아그네스의 빈자리를 채워줄…

역시… 이런 배려에 신앙을 포기할 수 없다니까…

......

아, 공작이 예상 밖의 제안을…

대주교들께서 응하실까요?

글쎄…

어떤 반응들이 나올지는…

여기 숙소는 온통 감시의 눈으로 가득할 테니

그 얘기는 여기까지.

언제까지 공작에게 머무실 건가요?

대주교님들 뵈러 당장 내일 떠나야지.

물론 그분들께 가지는 않을 거야.

오늘 이야길 전할 생각도 없어.

책임 추궁으로 종단에서 쌓아 올린 내 실적을

한순간에 날려버릴 텐데 내가 미쳤어?

다행히 야망에 눈이 어두워진 공작 혼자라니…

이제 곧 며칠 내 태모님 곁으로 가게 될 거야.

아, 아비가일 사제는 쫓고 있나?

네, 감찰국에서 추적을 시작 했습니다.

그래…

아무래도 그 말이 신경이 쓰이는군.

뭐가 궁금해서 그 녀석을 개인적으로 만나겠다는 거야?

혹시 내가… 놓친 부분이 있나?

헉

헉

81

3번 라인 스페이스 셔틀 도착!

꾸룩…

꾸룩…

스응

!

헤헤, 이걸…

너 그 두꺼비…

네가 좋아하는 걔한테 던지려고?

탁

야, 윤!

웃기지 마! 누가 누굴 좋아해?

뭘! 좋아하니까 괴롭히는 거잖아!

아… 안 돼! 아니라니까!

내가 얘기 해줄게!

얼레리 꼴레리…

유진아!

!

누가 널 찾는데?

날?

?

유진 양?

아비가일 사제 알죠?

유진 양을 보러 여기 와 있어요. 같이 갈래요?

…누구세요?

불안해하지 말아요. 사제님의 친구니까.

……

느낌이 안 좋아…

!

야, 유진! 윤이가 너 좋아한대!

아… 아니거든! 저 녀석이 장난친 거야!

그게 사실이면 매번 이딴걸 너한테 주려고 하겠어?

휙

……

후다닥

펼치면 이번엔 또 뭐가 튀어 나올…

……

저, 죄송한데요. 처음 보는 분을 따라 갈 순 없어서요…

아, 당연히 그럴 테죠.

잠시
창밖을…

아…

아저씨!

아저씨!

아…

빠빡

빌어먹을! 너 백경대지?

옷! 어떻게 알았지?

너무 커!

아…

도대체 어떻게 알고 여기까지…

아무렴 이 정도야…

츠 츠 츠

아이는 우리 애들이랑 같이 있어.

이봐, 나 하나 잡는 데 저런 방법은…

백경대 전투 쿵들이 쪽팔리지도 않아?

널 잡는 게 다가 아니니까.

네가 실토하게끔 해야 하거든.

공작님이 무척 궁금해하셔.

어르신 뵙거든 질문에 바른대로 말씀드려.

그럼 꼬마는 살 수 있어.

……

알았어. 다 얘기할게.

아일 만나게 해줘. 건넬 선물이 있어.

……

놀라지 마. 아저씨 친구들이야.

꼬맹이, 밥은 잘 먹고 있어?

응.

이거... 지난번에 갖고 싶다고 했지?

아, 키티 오르골...

맘에 들어?

응!

꼬맹아, 아저씨 저 친구들이랑 당분간 멀리 갈 거야.

멀리 어디?

응, 우리 유진이한테 답장 보내기 힘든 곳.

아...

알았어. 하지만 유진이는 계속 편지 쓸게.

이거...

펼치면 깜짝 놀라는 거야. 저 사람들 아저씨 친구 아닌 거 알아.

아저씨 괴롭히면 이걸 펼쳐 던지고 바로 도망가.

......

오케이.

와락

아저씨…

죽지 마.

오, 베이비!
베이비!

거기 잠자리는
불편하지 않아?

무례하게 구는
놈은 없구?

네, 공작님.
패트롤 분들 모두
친절하셔서…

당연히 그래야지.
우리 아그네스에게…

며칠만 참아줘!
빌어먹을 행정 절차
때문에…

……

쿵이 셋…

오고 있어.

아, 아니라니까!

당신들한테 숨기는 게 아니라…

우리와도 갑자기 연락이 끊겼다고!

이봐, 감찰국 지금 초상집 분위기라

우리 신경이 상당히 날카로워.

이렇게 협조 안 하면…

뭐야? 지금 우릴 협박…

됐어! 저 친구들 말대로 연결이 안 돼.

당장 감찰국 전 대원들에게 비상 공문을 보내

주교님의 명령을 전해!

팅

팅

감찰국 전체 비상 공문…

주교령이라는데!

발견 즉시 체포하라고?

뭇시엘!

부디 주교령이 공작님의 뜻과 충돌하지 않기를…!

90

그… 그만!

분위기 아니까 적당히 좀 하지?

……

난…

사실대로 공작님께 전부 털어놨어!

흠…

&!%$@#!(*&…

그… 그만!

난 1대 100의 아비가일!

제8우주 태모신교 종단 3대 광견!

나 지금 진심으로 화가 나.

내가 왜 미친개로 불리는지 가르쳐 주지!

오오오…

이런 귀한 선물을…

오전 일정 때문에 공작님께서 직접 배웅은 힘드시다고…

별말씀을!

극진한 환대에 감사할 뿐이죠!

주교님, 정말 잘 어울리세요!

하하하… 그런가요?

……

……

수송선은 사고로 폭발하게 되지…

종단에 아그네스 정도의 데바들은 수두룩해…

약을 잘 쓰는 아이로 그 자리를 대신 메꿀 거야…

일이 이렇게 틀어진 이상…

공작 놈은… 바로 친다…

아…

공작님께서 직접 들으셔야 할 이야기로군요. 잠시만요.

팅

어르신!

!

퍽

……

퍽

그만!

네, 어르신.

여기로 바로 보내.

어이, 백발!

크흐윽…

네 말을 믿겠어. 정황이 들어맞아.

훌륭해!

자기 주인을 구하려고 시간축을 비집고 우주를 넘나드는 충성심이라니…

우리 백경대원들에게도 좋은 귀감이 되겠어.

방금 너희 주인이 하는 얘기 들었지?

너희들 실수한 거야.

지금 후원받을 친구들이 온다고 하니

너희는 하던 일 계속해.

슈슈

퍽퍽퍽

떡
떡
떡
떡

……

읏! 뭐야…?

오케이! 다행히…

오랜만에 인사 올립니다.

어서 오게.

동행한 두 친구는 새 식구야?

그래, 후원을 더 늘려달라고?

네, 공작님. 이번 태궁 사태를 겪으면서

감찰국 내에 제 조직이 필요 하다는 걸 느꼈습니다.

홈… 그거 듣던 중 반가운 소리로군.

좋아! 요구를 들어주지.

저 자식 살벌하게 터지네…

공작 놈 유치하게 우리 앞에서 저런 연출을…

그리고 한 가지 더 청이 있습니다.

얘기해.

저 사제 친구… 지금 주교령으로 감찰국에 체포 명령이 내려졌는데요.

공작님의 뜻에 반하지 않는다면 저희가 데려갔으면 합니다.

응, 철견 형벌이 내려질 거라더군. 얘기 들었어.

그래, 데려가.

감사합니다, 어르신!

근데 한 가지 조건이 있어.

누구 내 칼 좀 가져와.

94

슈슉

양팔 붙잡아서 일으켜 세워.

하루 종일 맞느라 수고했어.

정말 경이로운 맷집.

......

현재 우리 가문이 소유한 사업체는

잔가지만 빼고도 천 개가 넘어.

알짜 아이템들을 계산하면 우린 이미

제8우주의 주인이 돼 있어야 해.

그럼에도 아직 찌질이들 틈바구니 속에 있는 건

나의 결정적인 단점 때문이야.

경솔하다 싶을 만큼 지나치게 감정적이라는 거…

탱

장난해? 이딴 걸 선물이라고…

주려면 사업체를 하나 주든지…

정말 무례한 처사네요.

이 귀한 성의를 내팽개치다니…

!

뭐야, 너… 누구야?

어르신 메시지 전하려고요.

공작님께선 아그네스 데바님을 많이 아끼신대요.

그리고…

약 잘 쓰는 애들은 우리 쪽에도 충분하다고….

커허억…!

뭇시엘!

슈슉

죽음을 무릅쓰고 주인을 구한 건 잘한 일이야.

하지만

자기 의무 사항을 지켰다고 칭찬 받을 수는 없지.

무엇보다 방법이 세련되지 못했어

내 여자를 패트롤들이 끌고 가게 만들다니…

내가 느낀 분노와 짜증스러움은

거완형 집행을 대신하는 걸로 마무리할게.

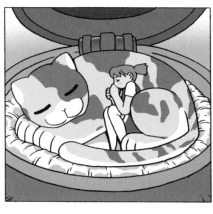

유진아…

뭐야, 무슨 일이야?

응?
왜 그래?

무슨 일이 있나봐요.

아저씨 얼굴이…

떠오르지 않아요.

……

우리 같이 기도 드리자.

왜 저래?

아저씨 때문인가봐.

아저씨라니?

응, 그 약물 중독쟁이 사제.

지가 후원자면 후원자지 무슨 권리로 형을 집행해?

제 아무리 잘나봐야 돈 많은 신도일 뿐이면서 감히 사제를…?

아니 이게 지금 말이나 되는 거요?

이런 양아치 깡패 같은…

발락 군, 자네 계좌…

잔고부터 확인하고 애기해.

……

오호… 돈지랄! 이런 목돈 한 번 쥐어주고 충성 하라고?

그건 선지급된 월급이야.

일처리에 따른 성과금은 따로 지급돼.

!

충성심이 저절로 생길 조건이지.

두 사람에게 바로 공작님의 후원이 시작된 거야.

존경심까지는 몰라도

그분을 언급할 때 존칭을 잊지 마.

그게 싫다면 당장 포기하고.

……

아, 실내가 좀 덥네요.

자, 이제 복귀할까?

옛썰!

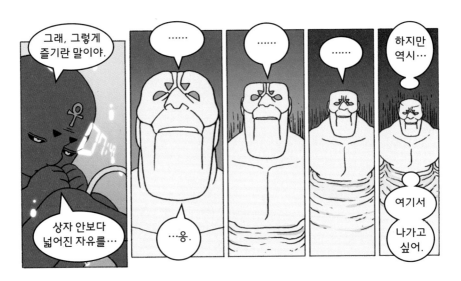

100

여긴 그저…

더 큰 상자일 뿐이야.

나가고 싶어.

이곳에서 벗어나…

혼마!

!

백경대 혼마!

……

촤아악

누구…?

아니야! 나오지 마! 아이가 다쳐!

공작님!

소녀를 끝까지 지키도록 해.

너와 함께 있는 놈이 아이를 해치지 못하게.

놈이 꿈에서 깨어나 밖으로 나오는 걸 막아.

지금 거기 아이의 무의식과 의식의 경계에서.

아이의 감정이 격해질 때 경계가 흐려지지.

놈의 자의식이 선명해지는 때야. 꿈에서 깨어나 각성이라도 하게 되면

아이의 몸을 찢고 나오려고 할 거야.

방어막… 그게 너의 새 임무다!

뚫고 나오려는 놈에게 밀려 네 특성이 표면에 드러날 수도…

그건 임무 수행을 잘하고 있다는 증거가 되겠군.

끝까지!

소녀를 끝까지 지켜!

네, 공작님!

……

하이퍼 전투 퀑의 망설임 없는 절대복종…

이런 것들로 백여 명의 경호대라니… 공포 그 자체야!

그것만으로도 공작을 치워야 하는 이유가 되지.

란이시여!

응?

정말 새로운 초전사체의 아바타로 이 캐릭터를…?

그럼 새로 더할 인격이란 게…

응, 무녀 아이의 기억 속에서 찾은 가장 적절한 표상이야.

이 애니메이션의 설정이 마음에 들더군.

아이의 자의식을 적당히 흐려놓을 만큼

시끄럽고 산만한 성격.결합하면 어떻게 변할지…

융합체에 또 다른 생명체의 인격을 심는 것보다

이런 가상의 캐릭터가 훨씬 안정적이고 유용 하다는 판단이야.

근데 왜? 문제라도?

아, 그러니까 그게…

흉폭한 떠돌이 퀑 놈들을 다루기엔…

너무 작고 여린 느낌이랄까요?

그게 무슨 소리야?

주임 주교의 우주선이 폭발?

네, 워프 직전에…

이… 이거…

혹시 공작에게 역으로 당한 거야?

이번 사고에 관해 전할 말이 있다고

직접 통화 요청을…

누가?

틱

CALL

아, 주교님.

어떻게 이런 일이…

방금 주임님의 사고 소식을 전해 들었어요.

태모님 품 안에서 영면하시길. 뭇시엘!

뭇시엘…

역시 이 인간의 짓이었군.

제 행성에서 일어난 일이니

종단 측에 다른 염려가 없도록 빨리 현장 수습을 하고

시신의 흔적을 찾아 인수인계 하겠습니다.

……

배려는 감사합니다만 종단의 일이니 저희 힘으로

모든 인력을 동원해 사고의 원인을 철저히 밝히겠습니다.

만일 우주선의 결함이나 부주의로 인한 사고사가 아니라면

악의를 가진 살인자를 끝까지 밝혀내야 겠지요.

서운하게 무슨 그런 말씀을…

종단의 일이니 빠지라뇨? 전 종단의 후원자라고요.

종단의 일이 곧 제 일입니다.

무엇보다 저와의 회동 후에 일어난 일이니

당연히 제가 책임을 져야죠.

사후 처리는 제게 맡기시고 대신

주임 주교의 못다 한 역할을 부탁드립니다.

대주교님들과의 면담을 주선해 주십시오.

종단의 새 사업에 패트론으로선 단독으로 참여하고 싶습니다.

예에? 말씀이 지나치시군요.

무엇보다 제겐 그럴 권한이…

쑥

……

그게… 뭡니까?

제 관할지의 한 귀족에게 받은 선물입니다.

태모신교 성물, 조슈아의 눈!

!

저 같은 일반 신도들이 소장할 순 없지요.

주임 주교님의 빈자리는 현재 주교님들 중 한 분에게

주어질 텐데…

이걸 어떤 분께 드려야 하나…

공작님!

지금 당장 찾아 뵙겠습니다.

내 존재를 아는 사람이 많진 않지만 난 분명히 종단 소속이야.

믿거나 말거나 서열로 치자면 대주교급이지.

자네의 정체와 이곳에서의 임무에 대해서도 잘 알고 있어.

그러니 긴장을 풀라고.

그걸 어떻게 믿으라는 거지?

믿지 않으면 죽여버린다.

주임이 얘기한 자네 친구의 죽음… 그 이전에 말이야.

난 제8우주의 인과율을 계산하는 능력이 있어.

그런데 내 계산이 틀리는 경우가 있지.

내 영역 밖에서 생긴 변수가 느닷없이 끼어들 때야.

이번에 그런 일이 일어났고…

어떤 미친놈이 다른 우주에서 시간축을 비집고 들어왔어.

다행히 전체 인과율에 큰 영향은 없었지만

그래도 부분 수정은 필요한 상황이야.

내가 자넬 찾은 이유도 바로 그 때문.

제8우주의 예정된 미래를 얻기 위해서는

자네가 움직여야겠어.

그게 무슨…?

자네 친구의 죽음 말이야…

당신이 집행해.

뭐?

아니 이 양반들이 지금 장난해?

당신들이 알아서 처리할 거라니?

그건 우리 패트롤들의 권한이야!

제8우주 법령이 최상위 법인 줄 몰라?

글쎄요. 우리 종단은

거기 동의한 적이 없어서…

닥치고 당장 그 사제 놈 넘겨!

그렇지 않으면 당신네들 벌집 쑤시듯…

경관 나리!

적당히 좀 합시다.

태궁 테러에 주임 주교 사고사까지…

우리 쪽 사람들 지금 모두 날카롭고 예민해.

그거야 당신네 사정…

이봐!

이 친구 좀 보라고!

!

주교령에 따라…

이 꼴로 무간도에 평생 갇힐 거란 말야.

이런 친굴 데려다 뭘 더 얻겠다고…?

당신들 법령에 이중처벌 금지조항 있지 않아?

지금 당신들이 우리 일에 끼어들면

전쟁이라도 터질 분위기야. 알아?

크큭큭큭…

광신도들 답구만.

그래, 이규. 넌 어떻게 하고 싶은데?

무서운 게 아니라 더러워 피하고 있었다는 걸

이번 기회에 당장이라고 보여주고 싶습니다.

……

그러지 마.

예?

이 친구야, 패트롤이 뭔데?

위법이나 불법 행위 덕에 먹고사는 거잖아.

그럼 일을 구분해야지!

돈 안 되는 건 짜증스러우니까

지금의 그런 태도처럼 아주 엄격하게.

돈이 보이는 일은 즐겁잖아. 그런 경운

아주 부드럽고 유연하게.

그놈과는 딜을 하라고!

종단도 우리와 충돌을 원하지 않거든.

요즘 내 표정이 밝지 않아?

자네 도움으로 대어가 걸려 들었어.

그 데바의 패트론 말이야. 굉장하더군.

그 양반 후원 능력이 궁금해.

그분에게 그리움을 충분히 드릴 거야.

네, 데바님!

녀석은 지금 감찰국에…

아비가일 사제님에 관한

패트롤들의 이야기가 전부 사실인가요?

아…

……

저희가 현재 드릴 수 있는 말씀은

믿고 기다리자는 것 뿐입니다.

주임 주교님의 사건이 정리되면

바로 감찰국의 결정이 있을 것 같습니다.

그것보다 먼저

데바님은 언제까지 이곳에…?

……

……

지금 뭐 하자고? 나랑 맞먹을래?

예? 제가 어찌 감히…

내가 니 친구냐? 오라면 당장 튀어 올 것이지 어디 건방지게…

제게도 주변을 정리할 시간은…

이봐, 제8우주 태모신교 수호사제 아비가일!

…난 제7우주에서 넘어온 너야.

네게 전할 말이 있어.

네가 목격한 일련의 사건들에 대해 말이야.

교차공간이 흩어지면서

공간 분화로 제7우주에 존재하게 된 나는

우여곡절 끝에 2년 만에 또 다른 교차공간을 통해

다시 제8우주로 돌아오게 됐어.

이곳의 나를 목격한 뒤 공간 분화를 실감했지.

맙소사, 저건 우리야. 역시…

그리고 알게 된 데바님의 죽음.

2년 전이라면…

그 폭발 사고는 주임 주교의 결정 이었다더군.

어쩔래요?

어쩌긴…

공간을 비집고 들어왔으니

이번엔 시간축이지.

인과율 감시자들에게 걸리면 현장에서 바로…

그거야 뭐 당연히…

뭇시엘!

데바님이 사고를 피할 조작이 필요했어.

종단령을 거슬러 데바님의 회동 참여를 막으려면…

종단 룰을 방해할 외부의 개입이 필요하다는 결론,

그럴 만한 조직으로 패트롤이 떠오르더군.

시간축을 비집고 들어오는 데는

상당한 시간과 큰 희생이 따랐지.

……

솔직히 이 일로 네게 어떤 고초가 있을지 감이 안 잡혀.

하지만 어떤 수난을 겪더라도 이해하길 바라.

동행했던 준 사제가 죽기 전에 이렇게 묻더군.

꼭 이렇게까지 해야 하는 거냐고…

공간 분화를 직접 몸으로 겪지 않았다면

데바님을 구할 수 있는 확신만 있다면

그게 우리가 하는

일이니까.

시간축을 이용하는 건 꿈도 못 꿨을 거야.

비록 그것이 금기일지라도 달려 들어야지.

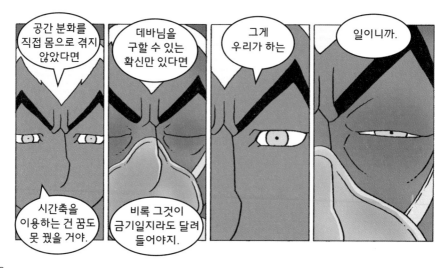

모래시계의 허리를 보라고.

내 여친처럼 가늘군.

특상급 최고가로 거래되겠어.

수확 축하해. 한잔하지.

모쪼록 잘 부탁해.

품질이 오르면 수고도 더해져.

그야 당연한 거 아닌가.

이번 거래에선 0.1% 올려줄게.

0.2!

그건 안 돼.

그렇게 줘. 그만큼 할 테니까. 이 여자를 데려가.

......

뭔데? 여자는 여기도 넘쳐.이런 평범한…

이 귀족의 후원을 받고 있는 태모신교 데바야.

이건 공작이 소유하고 있는 기업들

너 지금 아오리카의 패왕인 날 물로 보는 거냐?

납치로 삥 뜯는 건 20년 전에 접었…

오, 이것들이 전부 이 대머리 거란 말야?

우리 쪽에도 친구가 많더군.아주 지랄이야. 이렇게 하자고.

오후에 그 데바를 돌려보내야 돼.

이동 경로를 알려줄 테니

자네가 데려가.

천력

!

뭐야, 그런 번거로운 짓거리로 뭘 얻는 건데?

그럴 시간이면 약의 유통 라인을 더 만들겠어.

우리 거래량을 너도 잘 알잖아.

우리 애들을 설득할 만한 액수라면 아마 이 귀족 녀석은 데바를 포기할걸?

납치 사실을 대대적으로 알려 빅이슈로 만들 거야.

그럼 후원자라는 자존심 때문에 절대 포기 못 하지. 이른바 귀족의 위상.

시선을 거기에 묶어두면 자네의 신상품을

보다 많이 안전하게 뺄 수 있어.

······

그래, 도움이 되겠어··· 그런데 한 가지.

태모신교의 데바라니

그 광신도들이 가만히 있겠어?

자네의 행성 아오리카는 도피성, 치외법권이야.

우주 평의회의 동의 없이는 꼼짝 못 해.

그것들은 평의회의 시선을 두려워하지. 직접 나서지 않아.

설사 그런다 한들 뭐가 걱정이야?

자네에겐 우리 패트롤들도 함부로 건드리지 못하는

천여 명의 쿵 군단

아오리카의 방패,

천무장이 있잖아.

114

아…

나머지 하나는 대주교님들과의 회동 이후에…

주임의 장례식이 끝나는대로

회동을 성사 시키겠습니다.

잘 부탁 드립니다.

결코 종단에 누가 되지 않을 겁니다.

공작님!

아그네스 데바가…

주임 주교의 사망 소식 덕분에

이제야 우리 뉴스가 메인에서 내려갔군.

이 사진이 몇몇 주교들의 마음을 움직인 모양이야.

예?

보안국과 감찰국의 통폐합이 아직은 시기상조라는 언급이 있었어.

아…

수고 많았어!

실장님!

115

이봐, 후원자!

그게 싫다면 이런 내 마음을 돈으로 달래봐.

어쩌지? 나 이 여잘 갖고 싶은데…

당신 꽤나 부자던데, 응?

당신이 느끼는 이 여자의 가치만큼 말이야.

만일 입금액이 내 기대치보다 낮으면

이 여잔 내 거야.

그러니 아낌없이 쏟아부으라고.

액수 결정할 시간, 3일 줄게.

……

3일은 뭐… 3시간 후에 보자고.

크… 큰아버지!

…뭐?

머릿속이 복잡해 3일이나 기다렸다간 너희 요구조차 잊어 버릴 거야.

거기 돈 받을 장소의 위치 좌표를 알려줘.

돈은 내가 현장으로 가서 직접 맞교환 한다.

그게 거래의 기본 아닌가?

그리고 예쁜 얼굴 보이게 그 손 좀 치워.

어떤 액수를 기대하든 너희는 그 이상을 받게 될 거야.

내 여자가 다치지만 않는다면.

3시간 뒤? 수행원 하나랑 이곳으로 직접 오겠다고?

그러면서 위치 좌표를 달라고…

......

아무래도 상황 파악이 안 되는 모양입니다.

뭐라고 답하죠?

후우…

역시 직접 가시는 건 너무 위험해요.

아오리카는 제8우주 도피성 중에 가장 악랄한 곳입니다.

추방, 도피 중인 범법자들과 그 혈족들로 구성된 행성의 주 수입원은

마약 제조와 판매로, 8우주 전체 소비량의 약 13%를 차지할 정도죠.

특히 히트 상품인 일명 모래시계 시리즈는

신제품이 나올 때마다 품귀 현상, 부르는 게 값입니다.

모래시계?

그 왜 물에 넣으면 모래시계 모양으로 퍼지는…

아, 허리가 가늘수록 비싼…? 그게 거기 거였군!

아오리카의 패왕이라는 자는 막대한 판매 수익으로

엄청난 무기들을 사들이고 자체 제작까지 해서

행성 방어에 열을 올리는데 실제 그 화력은 가늠할 수 없을 정도며

자기 밑으로는 천여 명의 킹들로 구성된

천무장이라는 행성 자경대 조직도 가지고 있답니다.

117

무엇보다 도피성이라는 특성 때문에

패트롤의 도움조차 받을 수가 없어요. 그러니…

그러니

내가 직접 나설 수 밖에 없는 거지.

공작님, 데바는 당연히 저희가…

도피성이라잖아요.

우주 평의회와 부딪힐 텐데 괜찮겠습니까?

아…

그럼 차라리 백경대만 보내시던가요?

아냐, 아냐.

조만간 대주교님들과 회동이 있을 테니

그때를 대비해 별다른 충돌 없이 조용히 처리할래.

돈으로 해결될 문제야. 좋은 일 앞에 생기는 액땜이지.

아그네스를 데리고 금방 돌아올게.

그나저나…

동행으로 누굴 데려간다?

좋아.

3시간 뒤에 이곳에서 보자고 해.

뭔가 믿는 구석이 있는 모양인데 우릴 제압할 조직은 이 우주엔 없다.

현재 아오리카의 화력이라면

8우주 전체를 상대할 수도 있어.

신제품의 원활한 유통을 위해 간섭을 피할

이슈와 시간이 필요한 것인데…

그 귀족 놈까지 납치해 몸값을 요구하면 일이 더 쉽겠군.

너무 걱정 마세요.

아그네스는 제가 지킵니다.

따님과 귀가 후 바로 연락 드리겠습니다.

종단의 접근이 어려우니 제가 나서야죠.

이거 뭐라고 송구함과 감사의 말씀을 전할지…

역시…

역시 이상하죠? 행성 단위로 마약을 파는 놈들이

그깟 푼돈 벌자고 모두의 시선을 잡아끌 그런 무리수를?

이건 이슈를 만들어 진짜 목적을 숨기려는 거예요.

시끄러! 그러든가 말든가.

뭐가 아쉬워 납치로 돈을 요구해?

명백히 아니죠!

초대형 물류나 신상품 출시 같은…

응? 그러시면서 왜 직접 가세요?

이제 곧 있을 종단과의 빅딜에 별다른 차질이 없어야 돼.

아하! 그런…

아무리 그쪽에 천 명이나 되는 퀑 자경대가 있다지만

예에? 천 명요?

그러려면 데바에 대한 이 정도 성의는 보여줘야지.

그럼 굳이 이렇게 배로 이동 하실 필요가…?

행성을 이동하는 하이퍼 퀑이 달갑겠어?

왜? 쫄리냐?

119

...... 태모신교 데바... 저것들 귀족들만 상대 한다며?

예, 쟤처럼 반반한 애들은...

흥! 그래, 고귀하신 분들과 어울리니

우리가 벌레처럼 보이겠지?

낯짝 믿고 깝치는 것들 재수없어.

......

그래...

그 귀족 놈 오려면 얼마나 남았지?

숙

한 두어 시간 정도? 왜요?

나도 그것들처럼 그 잘난 예배 좀 보게.

서... 선배! 미쳤어요? 그랬다간...

그랬다간 뭐?

탁

잠시 태모한테 귀의하겠다는데 무녀가 사람 차별하면 안 되지!

최소 1시간은 이곳에 우리밖에 없어.

그 정도면 예배랑 뒷처리는 모두 끝나.

천민과 예배를 본 걸 치욕으로 느낀다면

저 계집도 너처럼 입을 다물 거야.!

!

응?

지금 오는 귀족의 경호대 이름이 뭐라고?

백경대라는데 그건 왜?

백경대…?

어디선가 들어본 적이 있는 이름인데…

그래?

……

글쎄, 주목할 만한 관련 이슈는 딱히…

공작 관련 프로필에 이름만 한 줄.

이런 무성의한 네이밍이야 흔하지 뭐.

……

그런가…?

백경대…

내가 언제 들어본 거지?

ㅈㅈㅈ

……

지금 이 양반 제정신인가?

아무리 충성을 맹세했다지만 이거 너무하는 거 아냐?

천 명의 퀑 자경대라니?

가진 게 많아 천이란 숫자가 우스운 거야?

!

121

아, 그래! 백경대…

생각나.

누구라도 거절하기 힘든 특급 대우…

사오 년 전에 거기 경호원 모집에 응한 적이 있었어.

자격 요건이 충분했지만 어찌된 일인지 채용되지 않았지.

오호! 자네 정도 레벨의 하이퍼가…?

응, 내겐 결정적인 게 하나 빠져 있다고…

푸흐하하… 결국 이렇게 마주칠 거면서…

그 덕분에 아오리카 천무장의 백인대장 중 하나가 됐으니

감사 인사부터 하셔야겠네.

이상하지? 날 떨어뜨릴 수준의 팀 구성이면

백경대 조직이 이미 8우주에 꽤나 회자될 법한데…

걔들이 어떤 수준인지는 몰라도

자넬 감당하기 힘들었던 건 분명해.

아, 경고등…

도착한 모양이야.

뭐?

너무해? 그게 무슨 소리야?

나한테서 받는 대우를 생각해야지. 어디 그따위…

아, 그러니까 그게…

행여 염려하던 상황이 생기면 제가 최대 3백 명까지는 어떻게 해보겠는데

역시 혼자서 천 명은 좀…

......

하긴…

롯, 넌 백경대 안에서 따돌림 당하는 입장이니

그런 어처구니없는 생각이 당연하겠다.

그러니까 막내면 막내답게 굴어.

실력만 믿고 선배들 패고 다니니 그런 걱정이지.

너한테만 맡길 일이면 내가 나설 이유가 없잖아.

긴장 풀어. 조용히 다녀오자고.

다른 절차보다 우선 사람부터 봅시다.

뭐… 좋소! 그렇게 합시다.

......

아…

아그네스!

아그…

！

그 까만 양복…

맘에 드는군. 유니폼인가?

그건 어때? 흰색 유니폼?

몇 해 전에 하마터면 나도 그걸 입을 뻔했는데…

아하! 그런…

오늘 다시 보니… 다행이다 싶군.

오래 기다리게 해서 미안.

어서 집으로 돌아가 쉬도록 하자.

당장 값을 치뤄야겠어.

크으으… 그러게.

흰색이란 건 정말 불편하지.

롯, 가서 돈 받을 놈 이리 데려와.

여기 똘마니들은 전부 치우고.

뭐? 똘마니?

콱 각

응, 똘마니.

털 썩

이거 봐. 흰색이라

금방 이 모양 이라니까

이 자식…

윽! 몸을… 움직일 수가 없어.

방금 너희들이 본 건 간단해 보이지만

자그만치 3개의 쿵 기술이 합쳐진 콤비네이션.

아오리카의 패왕… 오…케이!

츠 즈 즈

둘의 기억이 명료하게 일치하네.

참, 그래도 흰색의 장점은 있지.

조금 일해도 엄청 성실해 보인다는 거.

괏 각

털썩

털썩

꺄아아···

!

뭐야?

슈슈

······

뭐··· 뭐야, 너희들?

편히 서요. 값을 지불하러 왔으니까.

아, 공작···?

당장 계산 하겠소.

현찰 옮길 계좌를 여시죠.

126

맙소사…

몸이나 좀 회복시키고 보내지 이게 뭐야?

주임 주교 장례식 전에

종단 떨거지 사건들 전부 치운다고…

염병할!

하여간 펜대 굴리는 종단 먹물들 하는 짓거리란…

천천히!

!

앞사람과 간격 유지해!

거기 뭐야?

아, 회복이 덜 된 상태…

…같은 소리 하네!

여기 놀러왔어?

죗값 치를 것들이 어디서 뻔뻔하게!

일어나!

퍽

엄살 피우지 말고 똑바로 서!

거기 너부터 내 앞으로 나와!

크으윽…

텅

안 때릴 테니까 쫄지 말고!

그래, 너!

바로 서!

안 다치니까 놀라지 말고!

촛

차

차

다음 너…

크흑…

텅

아, 뭐 해! 끝났으면 빨리 비켜야지!

퍽

퍽

모두 잘 들어!

특히 거완형으로 큉 능력 사라진 놈들!

너희는 더 이상 큉이 아니란 걸 명심해!

그걸 착각하고 깝치는 놈들은

아주 작살에 박살을 내놓는다.

너희 양팔에 붙는 건 가이아 님의 구속구로

너희가 이곳에서 평생 감당해야 할 생존의 무게야!

동시에 그것은 너희 자신을 지키는 도구도 돼!

각자 종단에서의 신분은 모두 잊는다!

지금 이 순간부터 너희는

무간도의 철견으로, 가이아의 싸울아비로

평생 죽을 때까지 싸우고

싸우다 죽는 거다. 알겠나!

131

아아… 이건 정말 곤란하다고!

3반 녀석들 응석 좀 받아줬더니

고객의 소리가 넘쳐나잖아!

서비스 할 수 있는 내 필살애교도 한계가 있다고!

내가 뭐 퍼내도 퍼내도 끝없이 매력이 샘솟는 그런 남자…

…지.

그래, 목록 가지고 동선 좀 잘 짜줘.

…네, 주인님.

크허!

짝

퍽

아, 나도 모르게 또 쿵 능력을…

싫어! 엉덩이 맞고 싶지 않아!

맞을수록 새로운 기분이 든다고!

……

……

……

웅? 안 나타나시네…

지금
장난하니?

이래서야
제시간에 서비스가
끝나겠어?

일할 때만큼은
주인의 매력에 빠져
있지 말란 말야!

응?

······

동선을
이렇게
꼬아놓으면
어떡해?

도대체 무슨
생각을 한 거야?

!

……

……

기억 안 나.

어? 이상하다.
정말 기억이…
나질 않아.

뭐야? 이게 말이 돼?
어떻게 그 부분만…

……

!

강아지가
내게 준 단서가
사실이라면

틀림없이
놈은 랜돌프다!

흥! 잘도 그런
꼴사나운 짓을…

강아지가
시켰겠지?

됐어! 발등의
불부터 끄자!
서둘러!

대체
강아지는 뭘
하려는 거야?

강아지가
폭로하기 전에 놈을
처치할 방법을…

!

하! 하!

낯도 모르고
지내던 옛 동지들의
해후!

그런데 어찌된
일인지 서로 못 잡아먹어
안달!

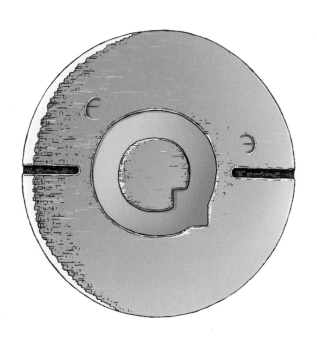

마침.

A.E.

......

음...
수호사제
였구먼.

오, 이건
상당한걸?

모시던
데바님께 받은…

그래? 여기
분위기를 좀 아시는
것 같네.

너희는 모두
11개의 싸울아비
등급으로 나뉠
거야.

1등급에서
4등급까지는 뭐
그럭저럭 사람
대접을 받지.

등급이 낮을수록
여기 생활은 점점 더
거칠고 힘들어져.

노력 여하에 따라
단계는 올라가게
되지만

한 번 정해지면
기껏해야 1, 2단계
상승이 평균.

수호사제 출신은
자살자가 가장 많은
6등급이야.

뭐… 그럴 만
하지.

그 물건이라면
4등급까지 줄 수
있겠는데…

끼릭

감사합니다.

다음!

탕

......

흥! 종단 광견?
가진 거라곤 달랑 사제복
한 벌뿐인 주제에…

!

뭐야, 이건…?

끄르르륵!

우와아아아앗! 사람 살려! 사람…

풉!

숙

쿵일 때의 네 별명… 요란 하더군.

…그거 알아?

끼 릭

철견 등급은 원래 11단계가 아니라

끼 릭

10단계였어.

그러다 시간이 지나면서 새로운 등급의 필요성을 느꼈지.

탕

곧 죽을 테니 싸울아비 명을 가질 필요가 없는 놈들.

네 두꺼비가 안내한 곳은 말이야…

그야말로…

11

지옥이야.

A.E.

하즈!

네, 백작님!

저 친구 급료가 어떻게 계산된 거야?

자그만치 다른 경호원들의 100배…!

10배도 아니고 100배? 이게 말이 돼?

그 가격으로 공작님과 연결된 것이니

거저먹는 거죠.

뭐가 어째? 이번에 네가 시키는 대로 해서 내가 얻은 게 뭔데?

태모신교 성물만 뺏기고 급료를 코끼리처럼 먹어치우는 저…

팅

100

백작님, 공작님으로부터 호출이 있어서 잠시…

응? 호… 호출? 어디로 말인가?

행성 아오리카로부터 연락이시네요.

그럼 다녀오겠습니다.

슈슉

봤어?

도중에 공작이 부른다고 가버려…

이게 경호야? 날 완전히 호구로 알고…

큭… 몇 번을 애기했잖아요. 공작과의 연을 맺는 게 목적… 아, 진짜…!

아아악!

덜컥

주인만 아니면 그냥 콱!

150

맙소사! 이게 누구야? 하아켄, 탈옥이라도 한 거냐?

응, 그렇게 됐어.

뭐어? 너 정말…?

가이린과 로사는…?

……

미안…

누군가 그날 계획을 엘에게 알렸던 것 같아.

……

아이의 안부를 묻는 내 자신이 역겹군.

난 쓰레기야. 아이를 로사에게 맡겨두고

종단 놈들한테 속아 갇혀 있으면서

완전히 잊고 지냈어. 그것도 모자라 다른 우주로 도망칠 생각까지…

자책은 그만해! 넌 너무 지쳐 있었던 것 뿐이야.

우리 중에 누가 아이들 앞에서 떳떳할 수 있겠어?

……

그런데… 여기 멤버가 전부야?

다른 녀석들은…?

언제부터인가 하나씩 흔적조차 안 보여.

싸움에 지쳐서 도망을 갔거나

아니면 엘의 새 부하에게 조용히 당했거나…

151

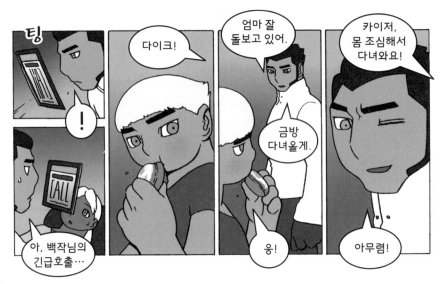

A.E.

클리어!

클리어!

여기도
클리어!

오케이!

올 클리어!

......

크…
큰아버지!

지… 지금
무슨 일이…?

이거 인과율
계산기는 두드려
보신 겁니까?

아…

계산기…

고장 났어.

……

ㅈㅈㅈ

어르신, 행성 궤도 안으로

위성 로봇이 도착했습니다.

큰아버지, 애초에 백경대 화력은

절대 외부로 노출하지 않겠다고 하셨잖아요?

이렇게 되면 8우주 전체를 적으로 돌릴 수도…

아, 시끄러…

틱 OFF

메이헨!

네, 공작님!

아그네스의 심신을 회복시키는 데 닥터가 최선을 다할 수 있도록 도와.

네에.

치잇

치잇

위성 로봇이 지금 이 행성의 모습을 담고 있구만.

내 주문은 모두 이해했지?

여러분들의 기량을 마음껏 발휘해서 완성해줘.

155

타지역 파견 근무자들은 후원자들이 호출 용건을 궁금해할 테니까

지금부터 행성 아오리카의 현장을 생중계하겠다고 알리고!

여러분들의 임무가 끝나고 나면 아마도 우린

제8우주의 공공의 적이 돼 있을 거야. 괜찮겠나?

옛썰!

좋아…

시작한다!

톡톡

……

웅성

웅성

웅성

아, 늦었습니다…

이상 소집 완료!

……

수고했어. 비상사태에 대비한 대응속도 확인하려고…

아, 네…

근무자 빼고 모두 귀가해.

01:03

아, 뭐야! 똥개 훈련 시켜?

괜히 뛰어왔잖아.

보셨죠? 비상소집에 1시간 걸려요.

백작님은 물론 사업장 전체가 테러 당하고도 남을 시간.

하지만 하루 3교대로 경호 업무에 공백은 없잖아.

앞으로 공작을 통해 사업의 범위가 커집니다.

그럼 당연히 기존 업자들과는 충돌이 생기고…

그때마다 이런 비상소집으로 대응할 겁니까?

사업의 규모가 커질수록

잦아질 분쟁에 효과적으로 대처 해야죠.

그렇다고 무작정 경호대의 규모를 키우는 건

사업 경쟁자들 뿐만 아니라 동업자들에게도 무언의 압박!

그럼 뭘 어쩌자고?

공작의 백경대 전력을 그대로 빌리자 이겁니다.

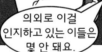

놀랍게도 그들 모두 행성간 순간이동을 하는 하이퍼 전투 킹! 그런데

의외로 이걸 인지하고 있는 이들은 몇 안 돼요.

사업장에서 버는 돈에만 관심을 두지 질서 유지 비결은

주목하지 않고 있다는 게 우리에겐 기회죠.

기회라니? 공작이 우릴 위해 자신의 경호대를 빌려주겠어?

저 페드릭이란 녀석도 결국 공작이 자기 짐을 나한테 떠넘기는…

바로 그 짐을 공작과 함께 떠안자고요!

사업장 질서를 명분으로 4명을 더 배당받는 겁니다.

이게 미쳤나? 합이 다섯이면 자그만치

일반 경호원 500명의 고용 비용이야. 버는 돈을 전부 거기 박으라고?

1명이 파견된 곳과 5명이 있는 사업장은 어떻게 다를까요?

1명으로는 공작이 책임감을 못 느껴요. 골치 아픈 충돌엔 소환해버리면 그만 이니까!

5명은 다르죠. 그건 책임감을 느낄 숫자란 말이지.

공작 입장에선 적극적으로 문제를 해결해주는 게 훨씬 속 편해요.

157

!

……

……

탈옥이라도
한 거냐?

응!

…뭐?

제수씨는?

내가… 늑대굴에서
나오고 난 뒤부터

좋아지고 있어.

……

……

슥

A.E.

!

아오리카에서 지금 무슨 일이…?

파견지 귀족들에게 자신들이 무슨 일을 벌이고 있는지

중대한 거래를 앞두고 이 무슨…

맙소사…!

외부로 파견 나간 공작의 경호대 놈들이

일제히 생중계하고 있답니다.

그… 근데 경호대의 화력이 이런 수준 이었단 말이야?

이… 이건 사건의 지평선에서 벗어난 일이로군.

예?

공작의 이런 짓거리는 나올 수 없는 계산이라고.

그… 그럼?

또 누군가가 남아 있는 교차공간을 통해 8우주로 비집고 들어온 거야.

그리고 그의 어떤 행동이 직간접적으로 공작의 판단을 바꾼

인과율의 변화를 가져왔어.

도피성 아오리카에 이런 규모의 테러라면

8우주 전체가 발칵 뒤집힐 거야. 이런 제기랄…

여기 인과율을 깨뜨리는 다른 우주 로부터의 침입을

막을 방법이 내겐 없다는 건 둘째 치고,

어떤 침입은 인과율의 변화에 따라

결과적으로 날 위험하게 될 수도 있어.

하지만 다른 우주로 심방을 다녀왔던 무녀들의 8우주 복귀 같은 경우는 별문제 없…

…는 이유가 있었지.

태궁 시스템으로 그들의 행동과 반경을 제한하고 통제할 수 있어서

인과율 사후 관리가 충분히 가능했던 거야.

하지만 종단이 공식적으로 접근하기 어려운

또 다른 교차 공간을 통해 침입하는 경우는

그야말로 속수무책…

아, 치명적인 약점!

너 갑자기 즐거워 보인다.

그… 그럼 앞으로 어떻게 해야 하는 거죠?

어쩌긴. 목적에 맞추려고 뒷수습하기 바빠지는 거지.

……

……

……

공작은 평의회법에 의해 재판을 받게 될 거야.

그동안 종단 측과 본인이 원하던 거래가 성사되고…

8우주 전체가 두려워하는 가문이 되는 거야.

재판 결과…

…가 나오기 전에 그의 친구가 공작을 치워야 돼. 자살로 위장…

그의 아들이 8우주 평의회에 원한을 품지 않게.

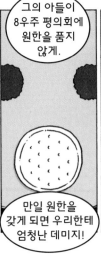

만일 원한을 갖게 되면 우리한테 엄청난 데미지!

아버지의 만행으로 그 아이는 평생

자신의 신분을 감추려 하겠군.

그나저나…

대체 어떤 놈이 이 8우주로 기어 들어온 거람?

A.E.

제13우주,
교차공간 관리국

오케이! 이제 넘어갈 준비가 모두 끝난 것 같군.

8우주 일행 중 살아남은 건 자네 뿐이니 꼭 무사 하시게.

자네가 이곳에 왔던 시간, 그 이후의 가까운 시간대로 보낼게.

알겠습니다.

그래, 거기 교차공간에 대한 우리의 추론이 맞기를 빌어.

부디 그쪽 경비대에게 사살 되거나 붙잡히지 않길 바라네.

그래야 내 입장도 난처해지지 않을 테니…

!

응, 사료를 먹기 시작했군.

출발할 시간이야.

8우주의 친구여, 행운을 비네.

정말 고맙습니다.

제8우주 <행성 야나>, 교차공간 관리국

까
각

까
각

어째 오늘은 엄청 게걸스럽게 먹네.

까
각

까
각

사료 성분이 좀 바뀌었다더니…

166

나머지는 전원 비상 대기하고

안전이 확인될 때까지 귀가할 생각은 꿈도 꾸지 마!

요즘 왜 이래?

응, 나야!

소장님, 오늘…

미안. 저녁 파티는 취소야.

네? 세팅 다 끝냈는데…?

비상사태라 꼼짝도 못 해!

지난번과 같은 일이 터졌어. 당분간 파티는 힘들 것 같아.

아…

그… 그럼…

매니저, 오늘 파티 취소해줘.

소장님이 비상이래.

오늘 저녁 파티 취소하신단다.

예에?

아, 그건 정말 곤란해요.

파티에서 쓰시는 약들…

그동안 밀린 거랑 이거 오늘까지 결제 안 하면…

뭐?

그래서?

지불에 시간이 좀 걸릴 것 같다고…

아니 지금 장난하나…?

가격에 몇 배를 얹어도 모자랄 판에…

외상? 이것들이 아오리카 룰을 뭘로 보고…

너희 물건 작업대에서 오늘 전부 다 뺀다!

이봐, 잠깐만! 내가 돈을 안 낸 게 아니잖아! 이봐!

!

여기! 반나절만 내 자리 좀 봐줘!

……

태모신교 데바…

저것들 귀족들만 상대한다며?

A.E.

떡

부웅

부웅

어디 보자…

부웅

……

수호사제였냐?

얼굴 보게…
뭐야, 오기 전에
한바탕했어?

된통 당했나보네.
너 지금 일어날 힘조차
없는 거지?

에이,
달랑 옷 한 벌?
거지잖아…

데바한테 얼마나
밉보였길래…

이런, 열이
장난 아닌데?

몸 떠는 것도
그렇고…

쳇! 이래서야
어디…

연습용 마루타로도
쓸 수가 없잖아.

푹

!

그래, 차라리
가진 거 없을 땐

몸마저 안 좋은 게
나아. 그래야 더러운 꼴
안 겪고 바로 가지.

내가
내준 구멍으로
피가 빠질 거야.

그러면서
열도 빠지고 의식도
빠져나가고…
잘 가, 백발!

171

요 몇 달간 우리 11구역에 새 멤버는 없네.

이건 내가 챙길게.

뭔 소리야, 너? 이건 내가…

크으으윽…

……

아무래도…

이젠 정말 마지막…

추… 추워…

흔적을 따라 쫓고 있습니다만 아직…

그게 뭐였는지 확신할 수가 없습니다.

이 사실이 보고되면 이번엔 정말 모가지야.

……

그건 절대 안 돼! 만일 못 잡게 되면

죽은 개라도 구해 상황을 조작하고 사태를 마무리한다!

크으읍… 냄새…

훅

쓰윽

후우우우…

……

어서 데바님께 돌아가자.

고마워요.

별말씀을…

여기! 나도!

웃차차! 밀린 일이 많구나!

……

……

어?

이 친구는…

저렇게 성격에 모가 나서야 어디 누가…

……

저기…

수호사제들은 6등급으로 분류 되지 않나?

6등급이죠. 왜요?

아는 분이라도?

응? 11등급이네. 어떻게 이런…

현장에서 심사관 이라도 두들겨 팼나?

몸 상태, 소지품… 이런!

이대로라면 11구역 문지기 당번 개들한테

이미 입구에서 끝장났겠는데요.

거기 분위기… 기억나시죠?

네…

당분간 면회는…

예, 박사님. 모쪼록 데바님의 빠른 쾌유… 잘 부탁드립니다.

무녀님이 온전히 회복될 때까지

공작님의 당부이기도 하고.

뭐야? 이거…

아니 이것들이 해킹을 당했나?

제기랄! 이렇게 무기력하게…

행성 아오리카의…

누가 뉴스 메인에 이런 장난질을…

!

디리리

아, 드디어 연결됐다!

뭐야, 어떻게 된 거야? 가이아에…

가이아라니? 13우주에 있다 어제 아침에 넘어왔어!

혼자 힘으로 되돌아가려니 데바님께 피해가 갈 것 같다.

사… 사형?

13우주?

내 말 잘 들려?

아, 깜짝이야! 이 원숭이들이…

나 좀 데려가. 행성간 순간이동이 가능한 사제를 부탁해.

추적당할지 몰라 오래 통화 못 해.

자세한 얘긴 만나서 하자. 그럼 연락 줘.

13우주라니…

태궁 교차공간이 깨지면서 각 우주로 분화돼 나간?

데바님 구하려고 왔다던 지난번 그놈은?

뭐야, 그럼 전 우주에서 아비가일 부대라도 넘어온다는 거냐?

그건 나중에 생각하고

일단 저 사형부터 구합시다!

팅

그래, 어찌 됐어?

예, 말씀대로 동물 사체를 이용해…

그래…

텅

체포해!

이… 이게 뭡니까?

평의회 관리국 일이지.

벌써 몇 번째야? 교차공간으로 뭐가 넘어왔는지도 놓치고…

그것도 모자라 다른 동물의 사체로 상황을 조작…?

그… 그건…

중죄지. 이따위 마인드로 교차공간 관리라니…

곧 8우주 평의회가 비상 소집돼.

교차공간 경비와 관리 시스템에 대대적인 손질이 있을 거야.

사이비 광신도들 쪽 교차공간이 깨진 여파가

이제야 우리 쪽으로 미치기 시작했다는 판단. 비상 경계 태세다.

새로운 교차공간 관리법엔

이계 생물 소환 능력을 가진 큥들도 관리 대상에 포함될 정도지.

종잡을 수 없는 미래를 누군들 반기겠어?

경비와 관리 모두 엄격하고 과격해질 거야.

두 번 다시는 이런 일이 없도록!

잘 가게, 파티 보이!

......

......

!

이제 정신이 드나보군.

나 기억나나? 보안국…

억세게 운이 좋은 녀석이군.

관리국 부국장과 아는 사이라니…

아, 저… 점돌이…

어쩐지… 정겹군. 그냥 부국장이라고 불러.

여러분, 도움 줘서 고마워.

말씀 편히 하세요. 부국장님은 저희 상관이세요.

...... 여기서 다시 보다니… 인연 참 묘하네.

너에 관해선 행정 착오가 있었던 것 같아.

6등급으로 재조정했어.

몸이 회복될 때까지 여기서 머물도록 해.

고마워.

고맙긴. 돈 받고 하는 일인데

자, 천만 원.

……

훽

전화…

부국장, 전화 한 통화만…

괜찮겠나?

그건 부국장님 권한입니다.

좋아, 대신…

통화 내역은 모두 내가 듣는다.

!

CALL

엇!

다시 제자리로 옮겨놓을까?

나야…

뭐야?

어?

데바님은…?

아…
공작님 도움으로
이곳에서 심신
회복 중이셔.

…다행이군.

대신 천만 원어치만큼
날 만지게 해준다!

닥쳐!

자…
잠깐만…

응?

！

……

자… 잠깐! 이거
어떻게 하지?

…일단 끊어!
이 라인으로 다시
연결하겠다고
하고.

내가 다시
연락할게.

틱

OFF

아, 뭐야!
이걸 어쩐담?

어떻게 해야 할지
잠시 시간을 갖자.

……

ZZZ…

분명히… 녀석이야.

공간 분화가 됐다지만

ZZZ…

정작 본인은 다른 우주로 옮겨진 정도로만 인식하는 모양이군.

여기 또 다른 자신이 있으리라고는 생각 못 하는 눈치.

하지만 나도 함께 있었을 텐데…

모르지. 그런 사실을 부정할 만한 일이 있었을지…

뭘 고민해요? 그냥 사실대로 얘기하면 되잖아.

어차피 알게 돼 있어. 그게 문제가 아니야.

그럼 뭐가 문젠데?

가이아에서 철견형을 받고 있는 녀석…

앞으로는 절대 우리에게 연락하지 말라고 하자.

예에에?

어차피 철견 종신형이라 거기서 나올 수도 없지만

나온다 한들 이제 이곳엔 더 이상 녀석의 자리는 없어.

다른 사람도 아닌 바로 자기 자신으로 채워진 자리라고.

그러니 더 이상 이곳에 미련 두지 말라는 거지.

그… 그게 무슨 의미가 있어? 공간 분화가 된 이상

앞으로 이런 일이 반복되지 않을 거란 보장 있어요?

8우주 평의회가 호구냐? 이런 일을 몇 번이나 겪고도 가만 있을 것 같아?

장담컨대 다시는 이런 일 없을걸!

아니, 그럼 철견 사형은 버리자고?

뭐야, 당신 그렇게 냉정한 사람이었어?

179

그럼 앞으로 어쩔 건데?

너 데바님 입장 생각해봤어?

이건 임무 수행 중에 일어난 사고야.

우리가 일하다 죽는다고 그 짐을 데바님이 떠맡아야 돼?

이건 우리가 짊어져야 하는 일이라고!

데바님이 책임질 일이 아니란 말야!

가이아에 연결해줘.

내가 녀석에게 직접 얘기할 테니.

수고하셨습니다.

먼저 들어갑니다.

팅

!

아…

잠시만요.

팅

나다!

180

…13우주에서
왔다는 네가 다시
처벌받지 않도록
노력해야지.

그래서 말인데…

잠깐. 그런
복잡한 뒷처리는
알아서들 할
일이고

너희에게 할
얘기가 있다.

이거…
너희들과 하는
마지막 통화야.

여기
말이지…

정말 바쁜
행성이더라고.

나 같은 일반인이
한가하게 너희 같은
큉 놈들과

놀아줄
만한 여유가
없더라니까.

사… 사형…

데바님
잘 모시고…

자…
잠깐만!

잘 지내라,
원숭이들.

틱

OFF

……

......

......

공간 분화로 또 다른 나라니…

태궁 일로 이런 일까지 일어나네.

철견형을 받은 이 친구는 밖으로 나간다 해도

이제 되돌아갈 자기 자리 같은 건 없는 거로군.

어디로도 갈 곳 없는…

적을 둘 곳이 없는

무적자 신세…

A.E.

그건…

종단의 운명이 걸린 일급 기밀이잖아.

그런 정보가 어떻게 공작의 손에 들어간 거야?

이게 우리의 보안 수준인가?

면목 없습니다.

주임의 죽음이 공작의 사주인 건 확실해?

예, 조사 결과 주임의 기선 제압 의도가 간파 돼서…

주임 이 멍청이…

근데 공작 놈 감히 주교를 쳐?

그것도 모자라 대체 이건 뭐야?

행성 아오리카를…

이런 막나가는 망나니 귀족 놈은…

대주교님들과 면담 요청 직후에 뭔가 일이…

우리에겐 필요해.

예?

대주교회의 동의를 얻어 택배 사업에 참여시키는 게 좋겠어.

공작을 만날 테니 회동을 추진해.

아, 네에… 다른 대주교님들을 설득할 방안이…?

당연히 제일 먼저 돈 문제지.

공작의 망나니짓은 평의회가 심판할 거야.

이런 짓은 아무리 발버둥 쳐도 사형.

최고 변호인단을 꾸려 여차저차 감형 까지 수감 상태로…

재판이 시작되면 공작은 사라지고 그의 돈만 남는 셈이니까

그 막대한 재정을 그동안 전부 털어먹자고 제안할 거야.

185

다음은 자신을 드러내는 데 주저함이 없는

이런 이슈 메이커를 평의회 시선 돌리기에 활용!

문제가 생기면 공작을 방패 삼아 그 뒤에 숨는다.

크게 이 두 가지로 먼저 어필할 거야.

란의 계산과 맞아떨어지면 금상첨화.

계산 결과와 달라도 큰 문제는 안 돼. 란의 일이 늘어날 뿐.

아마도 그 녀석… 벌써 계산을 끝내고 종단의 최대 이익을 위해

이미 손을 쓰기 시작했을 거야.

아, 평의회 소유의 교차공간에 문제가 있었나봅니다.

바로 대대적인 재정비에 들어간다는 소식이…

그래? 이계 우주에서 뭔가 넘어왔나보군.

란 녀석 인과율 계산에 과부하라도 걸리려나?

그 친구가 착각하고 있는 게 있어.

모든 걸 알고 자기 계산대로 우리가 움직이는 줄 알지만 오히려…

우리가 움직이면 종단의 목표에 맞춰 인과율을 계산하는 거야.

예측이 아니라 수습의 역할이 훨씬 더 크지.

하지만 녀석의 수고를 고려해

본인이 상황을 통제한다는 믿음에 따라주는 거야. 그럼 수고해.

……

그나저나 이게 백경대…

한 개인이 소유한 경호대의 위력이란 말이지?

이거… 우리도 뭔가 준비하지 않으면 곤란해지겠는걸.

A.E.

......

......

자네 친구의
죽음 말이야…

당신이 집행해.

집행 일정은
내가 다시 통보
하지.

......

......

입안에 든 말들
전부 삼켜!

그래야
식사를 할 것
아닌가!

뒷처리는
우리에게
맡기고

여행은
아오리카로
다녀왔잖아.

......

잠잠해질 때까지
다른 행성으로 잠시
여행이라도…

메이헨, 내게 온 메시지들은…?

아, 네.

가장 큰 이슈는…

공작님 바람대로 회동이 성사될 거라는 주교의…

그거 정말 다행이로군.

그때까지 내가 살아 있길 바랄 뿐이야.

다음은 평의회에서 진상 조사단을 곧 파견 하겠다고…

……

그리고… 갑자기 백경대원 파견지 귀족들로부터

대원들 증원 요청이 쇄도 하고 있습니다.

……

흥!

이것들 전부 아오리카 생중계 이후로 신청했네.

이제서야 상황 파악이 된단 말이지? 하여간 보여주지 않으면 믿질 않아…

아, 한 분…

소패왕이라 불리우는 엘 백작만이…

……

그러게… 분명히 이번 일과는 관계없는 요청 이로군.

…… 엘…

태모신교 성물에서부터 내게 접근하는 태도가 마음에 들어.

이런 자세라면 거기 상응하는 대가를 선물해줘야지.

엘에게만 백경대 추가 파견하고

나머지는 전부 무시해.

A.E.

191

A.E.

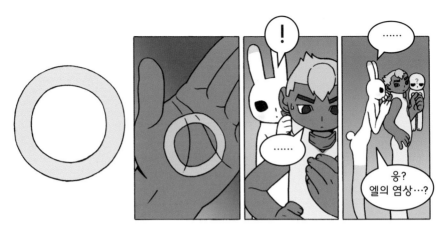

......

!

......

응?
엘의 염상…?

뭐… 뭐야?
네가 이걸 어떻게
알아?

아, 당연히…

8우주의
주요 정세가 종단
네트워크로

수시로
업데이트되고
있는걸요.

엘의 염상…

8우주의 실질적인
제2인자이면서도

애써 스스로를
행성 우라노의 소패왕이라 낮추는
엘 백작의 낙인으로

자기 근거지
노예들에게…

노예라니?

이 노예가 미쳤나?
지금 누구한테…

이건
우라노 자유민들의
저항을 뜻해!

그 변태의
심볼이 아니란
말이야!

…라고는 해도
역시 저희가 알고
있기로는…

이 노예
근성 있네.

넌 복귀하면
바로 폐기처분!

냐항!

툭

A.E.

뭐? 너 방금 뭐라고 했어?

커허어어…

다이크라고… 이 쥐새끼야!

우라노의 다이크가 여기 있다고!

뭐? 어디? 말해!

너 혼자서 찾긴 힘들걸.

뇌전단 스캐닝 어쩌고저쩌고 해서

이름을 숨기고 다른 몸뚱이 안에 있거든!

놈이 누군지 얘기해. 안 그럼 고통스럽게 죽인다.

킥킥킥…

그래, 엘에게 놈을 넘겨야

네 노예 계약이 끝나는 거였지?

어서 말해!

누군지 말하면? 엘은 온전한 놈을 원하고 있는데…

응? 왜? 몸은 나중에 가져올게요 하려고?

자, 죽여! 죽여봐, 등신아!

텅

아파! 제기랄!

돈? 네 돈?

우리 펜타곤 비자금… 그거 전부 엘 놈이 가지고 있거든!

나도 엘에게 다이크를 온전한 상태로 가져다 바쳐야 돼!

나도 놈의 몸뚱이를 찾고 있는 중이라고!

크흐윽…

......

방금 이야기…

거짓이면 가장 고통스럽게 죽게 될 거야.

닥쳐! 넌 오늘 운 좋은 줄 알아!

내 양팔만 멀쩡했어도…

어쩔 거냐?

어쩌긴? 넌 나한테 완전히 박살…

아니 앞으로 어쩔 거냐고?

너도 나도… 놈이 필요한 상태잖아.

말은 똑바로 하셔.

나보다는 너한테 더 필요한 거잖아.

나야 그까짓 돈, 도박으로 날린 셈 치면 되지만

넌 그게 아니잖아, 엘의 노예!

그러니까…

탁

빠각

도박으로 날린 셈? 너 그 돈이 내게 어떤 의미인지 알기나 해?

넌 그 돈 반드시 엘에게서 찾아.

끄르륵… 이… 이 미친…

이렇게 하자.

먼저 넌 날 도와 온전한 다이크를 찾는 거야.

그리고 함께 엘에게 가자고.

크흐으… 윽…

난 이 딱지를 떼내고

넌 내 돈을 받아 오는 거야.

웃기지 마, 이 쥐새끼야!

똘마니 역할은… 더 아쉬운 놈이 하는 거라고!

양팔만 가지고는

턱

자기 처지를 깨닫기 어려운 모양이군.

여기가 부러지면 앞으로

여자를 만나는 데 지장이 많겠지?

친구야, 널 도울게.

함께하자. 나 좀 일으켜 줄래?

아아아악…

…목표를 위한 일시적인 동행이다!

분명히 말하지만 내게 똘마니 짓은 기대하지 마!

네 목숨이 내 손에 달린 걸 잊지 마.

잔머리 굴리다 걸리면 바로 끝낸다.

스윽

근데…

이것들이 지금 뉘 앞에서…

뭐? 누굴 찾아서
누구한테 가?

아주 대놓고
질러대는군.

너희 주인은 나야.
생사가 내게 달렸다고.

그래, 그냥 둘 다
여기서 죽어버려.

A.E.

원래 모습은…

이랬는데…

고산 공작의 아버지는

자신에게 다가올 죽음을 확신하고 있었다고 해요.

남게 될 어린 아들을 위해 8우주의 그 어느 누구도 함부로

자기 집안을 넘보거나 대항할 수 없게 각인시킬 필요를 느꼈는데

마침 그의 데바에게 생긴

불미스러운 일이 계기가 된 거죠.

하지만 이상해. 이 정도의 사건을 왜 난 처음 듣는 거지?

냐하냐!

그건 우주 평의회와 패트론 연합의 대응 때문일 거예요.

아오리카에 대한 만행을 목격한

그들의 충격은 그야말로…

특히 한 개인이 보복을 위해 보여준

사설 경호대의 화력은 경악 그 자체였죠.

8우주의 권력들이 느꼈을 공포…

재판이 진행되는 동안

자살로 추정되는 그의 죽음이 없었더라면

바람대로 8우주 전체에 각인돼 지금까지도 회자되고 있었겠죠.

패트론 연합과의 조율 끝에

우주 평의회는 다음의 3가지 결정을 내립니다.

먼저 8우주에 퍼져 있던 행성 아오리카에 대한

DELETE

모든 직간접적인 데이터를 삭제한다.

그것은 도피성이라는 특이성 때문에 가능했던 조치래요.

아오리카라는 선례가 테러 집단에게 줄 영향을 우려했던 거죠.

기록을 남기면 언젠가는 반드시

그 이상의 행성 단위의 테러가 일어날 거란 거였어요.

다음으로 테러에 직접 가담한 그의 경호대를 해체한다.

물론 그런 결정 이전에 그들은 이미

신분을 세탁하고 뿔뿔이 흩어졌다고 해요.

마지막으로 상속자인 어린 고산 공작에게

연대 책임으로 엄청난 위약금을 물게 했죠.

그것으로 그 가문을 완전히 공중 분해하겠다는 취지였대요.

그래서? 묵사발 난 거야?

겉으로는요. 그런데…

실제로는 이전보다도 더 많은 사람들이

고산 가문과 연을 맺기 위해 그야말로 문전성시.

사업 규모 확대로 위약금 충격은 불과 3년 만에 회복됐고

아버지의 염원대로 고산 공작은 8우주에서 가장 영향력 있는 존재로 성장 했대요.

부친의 사망 직후, 신변의 안전을 이유로 자신을 숨겼기에

그가 어떤 모습으로 지내는지 아는 이가 없대요.

다만 그일 거라고 짐작되는

몇몇 귀족들만이

호사가들의 입에 간혹 오르내릴 뿐.

심지어 진짜 고산 공작은 일찍 병들어 죽고

단지 그의 대역들이 그를 흉내낼 뿐이라는 소문까지…

어쨌든 이리하여 아는 사람만 알게 됐다는…

……

고산이라는 놈… 기분 나빠!

그런데 셀, 어떻게 지난 20여 년간

행성이 저런 형태로 있는 거지? 저게 가능해?

현재 수십 개의 쿵 기술이 절묘하게 결합돼

행성의 모양을 유지하고 있는 상태라고…

말도 안돼! 행성을 타깃으로?

저게 바로 그의 아버지가 물려준 경호대 조직이

해체된 게 아니라 더 견고하게 지금까지 유지되고 있다는 증거래요.

맙소사! 대체 어떤 놈들이길래 이런 게 가능해?

!

206

내가 지금…
주인님께 필요 이상의
이야길 하고 있는 건
아니겠지?

……

그래, 그랬다면
야와 님께서 바로…

엉클의 충고가
생각나는걸.

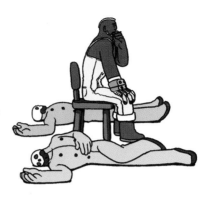

후우우우…

이놈아, 이 우주는
정말 넓어.

엘의
다섯 손가락
이라고 불리는
놈들…

그런 것들이
이 우주에 얼마나
널렸을지…

너처럼 그렇게
놀다가는 놈들의
시선에 걸려.

그러니
조심해. 내 오른손을
기억하라고.

잔재주 믿고
까불다간 나처럼
되는 거야…

이 멍청아!

……

하긴 엘의 다섯
손가락 수준의 놈들이
충분히 모인다면

이런 짓거리가
가능할지도…

제기랄! 그것들…
압도적으로 강해!

하이퍼 안에서도
별도의 분류가 필요할
정도라고!

가이린…

당장은 실버퀵 놈들에게서 탈출하는 것도 문제지만

진짜 문제는 그 다음…

그녀에게 되돌아간다고 해도

솔직히 그것들 생각하면 답이 안 나와.

……

난 왜 하필이면 가이린을 만난 걸까?

응?

앗! 내… 내가 방금 무슨 생각을!

아하하하… 아이의 몸에 갇히니까 별…

가… 가이린에게 반드시 되돌아 가야지.

난 일편단심 다이크! 난 그런 남자니까…

흠! 흠!

?

……

그런데… 왜 하필 행성을 저런 모양으로 깎은 거야?

아…

테러 직전 자신의 경호대에게

이렇게 주문 했대요.

그래, 이왕이면 이곳이 과거에 뭘 팔던 곳인지

8우주 후세대들에게 널리 알려야겠어.

뭐? 그럼 모래시계라도 팔았단 거야?

네!

일명 모래시계라고
불리우던 마약을…

……

A.E.

......

......

뜻밖이네. 이런 일이 생길줄은…

저 괴물 자식과 한배라니…

잘됐어. 탈출에 성공한다면

최소한 엘에게 돈을 받을 때까지는 놈으로부터 안전해.

애플…

그래, 애플 멤버로 받아 들이자.

저 정도 하이퍼라면 다들 얼씨구나 할 거야.

다이크를 미끼로 저놈을 탈출에 이용 해야지.

......

근데…

너희 애플 말이야…

좀 더 적극적으로 움직이란 말이야.

미지근한 건 정말 싫다고. 뜨겁거나 차게 굴란 말이다.

혹시 또 누가 알아? 내가 도움이 될지…?

도움이 될지라니? 대체 그게 무슨 소리냐고?

계속 신경 쓰이게 만드네…

왜 자꾸 쳐다봐?

잘생겨서!

끄륵…

홈… 애플의 탈출 의지를 이용해

전부 속아낼 속셈이겠지?

그래, 이제 멤버들에게 알리자.

213

하! 이것 보게… 이번 인수 합병 건으로 엘 백작 가문이

……

S.TEN INDUSTRY

드디어 스텐 중공업과 골드윙의 최대 주주가…

재정 규모가 이 정도까지 성장 하다니 대단해.

고산 가문의 뒤를 바짝 뒤쫓고 있는데 이런 속도라면 내년엔…

8우주 권력 구조가 역전될 수도 있겠는걸.

겉으로 보기에는 고산가와는 별도의 행보를 걷는 것처럼 보이지만

사들이는 기업들의 성격을 분석하면

마음만 먹으면 언제든지 서열을 뒤바꾸겠다는 태도…

그래, 엘 백작… 고산가를 제치려는 거다.

흠…

지난 번 행성 칼번의 수확물…

틱

전사체를 공격할 수 있는 화기, 그리고 그 제작자…

이걸…

야와 님!

이 정도면 종단 통제 시스템 전체를 뒤흔들 사안 아닌가요?

이걸 종단 관리국에 보고하지 않았다는 이유로

지구부장 계집들이 날 감찰국에 고발했지.

그 때문에 내 본체는 때아닌

마인드맵 리딩을 당해야 했어.

내 마인드맵이 종단 관리국 시뮬레이션에서

많이 벗어나 있는 걸 확인했을 거야.

이미 연구를 끝낸 에브라임 쿵을

내가 꾸준히 헌팅 목록에 포함 시킨 것도…

추가 파견된 감찰국 요원은

꼬마 놈의 의식에서 지워버린 기억을

215

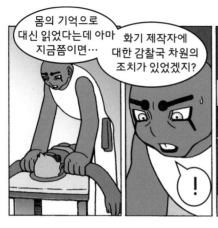

몸의 기억으로 대신 읽었다는데 아마 지금쯤이면…

화기 제작자에 대한 감찰국 차원의 조치가 있었겠지?

!

이 정보들로 놈들이 가장 먼저 추정할 수 있는 내 예상 행동은

전사체 공격 무기를 적극 활용할 거라는 것.

일부러 사내 반동 세력에게 정보를 노출,

개량형 무기를 소지한 쾽들 폭동에

다시금 아담의 밤을 일으켜 본체를 찾으려 할 것이다…

…라는 정도겠지?

그래… 그럴 생각이 전혀 없었던 것도 아니야.

하지만 탈출한 뒤 곧장 추격당할 그런 순진한 계획은

이브의 현장 상황 보고로 완전히 바뀌었어.

새로운 가능성에 눈을 뜬 거야.

완전히 다른 차원의 접근…

생체 더미 코스가 끝나고 나면…

거기다 추가로 알게 된 사실들이 새 계획에 힘을 실어준다.

이번에 발각되면 감찰국은 날 바로 폐기 처분할 거야.

나로서는 이번이 마지막! 지금 필요한 건

내 탈출 같은 건 안중에도 없을 초대형 사건…

실버퀵, 종단, 평의회가 모두 혼란에 빠질…

그래야 내가 산다. 종단으로부터 안전해져.

그러기 위해선 엘 백작을 이번 판에 반드시 끌어들여야 해.

A.E.

행성 우라노

마빈!

마빈!

네, 하즈 님!

빠

어떻게 내 허락도 없이 인수합병 사인이 넘어간 거야?

그동안의 공든 탑을 한 방에 무너뜨리게?

도대체 도련님 옆에서 뭘 하고 있던…

내가 시켰어.

도… 도련님.

내가 시켰다고.

시간 끌어봐야 파리 떼만 달라붙어.

정리하는 데 들어가는 비용 생각하면 오히려 싼값이야.

그건 당신이 내게 가르쳐준 거잖아.

그러니 마빈 나무랄 것 없어.

도련님, 이렇게 외부로 드러나는 기업 지표가

고산가에 알려지면 어떤 오해가 생길지…

염병할!

그놈의 고산! 고산!

219

언제까지 그것들한테 조아리고 살 건데?

개들이 뭐 얼마나 대단해서?

행성 하나 날린 것 가지고 언제까지 울궈 먹자고?

이번 결정으로 그 정도 화력은 가질 수 있게 됐잖아!

도련님…!

넌 아버지한테 감사해야 돼!

노인네만 아니었으면

그동안 우리 몰래 배 속에 처넣은 거 전부 내뱉고 바로 해고됐어!

도련님…!

그만!

이 모든 건 아버님이신 엘 백작님을 위해…

제발 입에 침이나 발라!

우유부단한 양반 내세워서 네 욕심 채울 뿐이잖아!

누가 그 시꺼먼 속 모를 줄 알고?

@&%?$#!!!

!$#%$@…

롯…

네, 백작님!

가서 쟤들 좀 데려와.

네.

슈슈

오시랍니다.

……

카인… 너…

어서… 하즈 삼촌에게 사과해.

제가 왜요? 뭘 잘못했는데요? 절 칭찬하시진 못할 망정…

그리고 하즈가 왜 제 삼촌입니까?

정신 차리세요! 아버진 이놈한테

실컷 이용만 당하고 있는 거라고요!

롯… 카인 저 녀석을… 좀 패도록.

네.

쫙

아, 이 미친…!

그만!

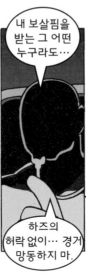

내 보살핌을 받는 그 어떤 누구라도…

하즈의 허락 없이… 경거 망동하지 마.

주… 주인님!

내 말… 명심들 해.

하즈의 결정이…

곧 나… 엘의 결정이니까.

221

치이잇…!

먹통 꼰대 같으니…

애들 앞에서 나한테 그런 망신을 줘?

마빈!

네, 도련님.

인수합병 건은 더 이상 하즈 놈에게 보고하지 마.

아…

아버님께서…

시끄러! 그건 내 권한이야. 내가 결정한다니까!

하즈 놈이 시비 걸면 바로 내게 연락해! 알았어?

……

네…

페드릭, 나 잠시 혼자 있고 싶으니까

호출할 때까지 개인 시간 가져.

네, 카인 님.

두고 봐! 하즈 이 탐욕스런 돼지 자식!

내가 가만 두나 보라고!

……

이 망할 자식…

롯…

네, 백작님.

아들 놈 때문에 머리가 복잡하군…

호출 때까지 밖에서 대기해줘…

네, 그럼…

슈슉

……

하즈…

카인의 태도는 내가 사과할게. 철없는 응석받이라…

아닙니다, 주인님. 도련님은 예상대로 움직이고 계세요.

이번 인수합병 일처리는 오히려 칭찬해줄 만합니다.

…걱정이야. 이번 일은 명백하게

대놓고 고산가에 맞서는…

그들의 몰락을 바라는 귀족들의

암묵적인 지지와 시선이 있습니다.

하지만 아버지의 기질 그 이상이라는 고산이야.

주변 무시하고 행여라도 백경대를 동원해…

또 또… 주인님! 주인님!

고산가에서 우리를 테러하는 일은 현실적으로 불가능합니다.

따 따

날 봐요! 내 눈! 내 눈!

무엇보다 백경대는 우리가 얼마든지 컨트롤할 수 있어요.

무슨 소리야? 그것들을 어떻게…

20년 이상 유지된 그런 견고한 조직을…

오래되고 단단할수록 부러지기 쉽죠. 그동안 제가 흐려놓은

백경대 분위기가 어떤지 말씀드릴게요.

223

A.E.

225

실력 믿고 그렇게 깝치다가 언젠가 제대로 한번 발린다.

주둥이로 발리는 거면 골백번도 더 죽었겠네.

백작님 곁에 있으니까 눈에 뵈는 게 없나본데…

당신이야말로! 엘 아저씨 조만간 갈 것 같으니까

미래 권력에 빌붙어서 열라 과잉 충성…

그 나이에 무슨 꼴이야? 쪽팔리게…

이 자식이 진짜…

까득

그래서 이가 부러지겠어?

내가 도와줄게! 여기서 바로 한판 뜹시다!

후우우우… 가야 때문에 참는다.

읍! 입 냄새…

잘 들어!

네!

조직엔 위계질서 라는 게 있어!

엘 님의 다섯 손가락 중에 엄지는 나야!

그걸 무시하는 태도로…

프흐하하하… 당연히 선배가 리더지.

그걸 누가 모른대요, 예? 혼란스러운 건 우리라고…

보자, 선배가 엄지면 난…

중지쯤 되려나?

A.E.

먼저…

백작님도 아시다시피…

아오리카 사태 이후, 백경대가 신분을 세탁하고 흩어진 이유는

평의회의 추적을 피하는 동시에 고산가가 지불해야 하는

막대한 위약금 부담을 최소화하기 위한 조치였잖습니까?

전원 출장 근무령이었죠.

공작의 만행에 공포를 느낀 하급 귀족들은 울며 겨자 먹기 식으로

개인 경호에 고액의 경비를 추가해야 했죠.

몇 년 뒤 위약금의 충격에서 회복된 고산 가문 이었지만

평의회의 감시 때문에 백경대를 다시 소집할 순 없었습니다.

고산가에서 할 수 있었던 일은 백경대 내의

사망, 은퇴, 탈퇴로 인한 부재자들을 정리하고 새로운 멤버들을 영입하는 관리 업무뿐.

그나마 신입은 곧장 파견돼버려

고산가에 대한 소속감은 희박해지고

네트워크로만 서로 인사를 나누는 상황이다 보니

선후배 관계도 흐려지면서 조직의 결속력은 약해질 수밖에요.

평화로운 근무지에서 느끼는 고립과 무료함, 그리고 노골적인 따돌림은

뭐어? 우리 월급의 100배? 아, 엄청 귀한 분이셨네!

파견지의 사설 경호대와 충돌을 일으키는 경우까지 생기면서

더욱 심화됐죠. 모두 지쳐갔습니다.

퍽

퍽

퍽

마음이 지친 인간들은 다루기 쉬웠죠.

티잉

!

오빠!

아, 뭐야. 이런 스팸 짜증 나…

아잉, 저랑 딱 한 게임만…

귀엽네…

228

저희가 운영하는 네트워크 도박에 접속하게 했어요.

비기너스 럭, 초짜의 행운을 선물하고요.

만 원이 몇 분 만에 몇 천만 원에서

몇 억이 돼 자기 통장에 꽂히자

동료들에게 알렸죠.

정말?

응! 여기 들어가봐.

조작 서비스된 30%의 승률은

심신이 지친 그들 사이로 삽시간에 퍼져 나갔습니다.

내기의 승부가 주는 짜릿함은 그간의 무료함을 보상받는 기분이었겠죠.

도박의 단위는 빠른 속도로 올라갔습니다.

한 번 터지면 그간의 손해를 전부 메꿀 수 있다는 몇 번의 경험이

도박에 더욱 몰두하게 만들었어요.

경호 임무 중에도 접속하게 하는 중독성,

심지어 밤새 접속해 있다가 몸이 아프다는 핑계로

ZZZ…

일을 하지 않는 상황까지…

월급을 받은 며칠 뒤 텅 빈 계좌를 확인하면 자괴감만 커져갔죠.

그래, 이제는 터질 때가 됐어. 그러니 딱 한 판만…

그리고 그 손해를 채우려고 판돈을 키우는 악순환…

그제서야 화면 하단의…

대출상담
싼 이자

이자가 싸다며 사채를 쓰라는 광고가 눈에 들어옵니다.

하… 하즈… 그 친구들을 어쩌려고…?

조만간… 백경대 전체를

몽땅 사버리려고요.

7권 마침.

DENMA 7

© 양영순, 2017

초판 1쇄 발행일 2017년 3월 20일
초판 3쇄 발행일 2023년 2월 1일

지은이   양영순
채색   홍승희
펴낸이   정은영

펴낸곳   (주)자음과모음
출판등록   2001년 11월 28일 제2001-000259호
주소   10881 경기도 파주시 회동길 325-20
전화   편집부 (02)324-2347, 경영지원부 (02)325-6047
팩스   편집부 (02)324-2348, 경영지원부 (02)2648-1311
E-mail   neofiction@jamobook.com

ISBN 979-11-5740-141-3 (04810)
       979-11-5740-100-0 (set)

이 책에 실린 내용은 2012년 10월 12일부터 2013년 4월 29일까지 네이버웹툰을 통해 연재됐습니다.